いけ好かない男

松雪奈々

幻冬舎ルチル文庫

CONTENTS ✦目次✦

いけ好かない男

✦カバーデザイン＝chiaki-k
✦ブックデザイン＝まるか工房

イラスト・街子マドカ✦

いけ好かない男

一

窓のむこうから頭だけをひょっこり覗《のぞ》かせる桜の木は夏の盛りと変わらず青々と茂っている。とはいえ朝晩はめっきり涼しくなり、マンションの前を流れる神田川が秋の香りを運んできた。

ようやく過ごしやすい時期になったと感じながら春口蓮《はるぐちれん》はワイシャツの上にエプロンをつけてキッチンに立ち、フレンチトーストを作るべくフライパンに火をかけた。

卵液に浸しておいたバケットをフライパンにのせると、たちまち甘い香りが部屋じゅうに広がる。それから慣れた手つきでバナナと豆乳をミキサーにかけ、グレープフルーツの房をひとつひとつ丁寧にむいて朝食の支度を整えると、弟の部屋へ足を運んだ。

「涼太《りょうた》、朝だぞ」

廊下から声をかけても返事がないのはいつものことで、扉を開けると弟は細く白い腹をだして寝こけていた。近づいて覗き込めば、よだれを垂らしている。

その寝顔を見た蓮は、切れ長の涼しげな瞳を細め、端整な美貌《びぼう》を和ませた。

蓮より三つ下、今年二十四歳になる涼太は成人男子とは思えぬほどの童顔で、まぶしいほどに愛らしい。

その寝顔は天使のよう、いや、天使など目ではない。天使が束になってかかってきても涼太のかわいさにはかなうまいと、蓮はなかば本気で思っている。

目に入れても痛くないほど孫をかわいがる中高年にシンパシーを感じる今日この頃。

端的に言えば、極度のブラコンである。

「ほら、涼太。バナナジュースが変色する前に起きろ」

好きなだけ寝かせてやりたいが、仕事に遅刻させるわけにもいかず、Tシャツの裾《すそ》を直してやりながら柔らかい頬《ほお》をつつくと、その顔がゆがんだ。

「ん……。起きる」

涼太が目をこすりながらもぞもぞと起きあがるのを見届けて、蓮はセミオープンのキッチンへ戻った。しばらくしてTシャツに短パン姿のままの涼太がやってきて、皿を食卓へ運ぶ。

蓮と涼太はこの2LDKのマンションに兄弟ふたりで暮らしており、ほかに起こすべき家族はいない。ふたりで食卓につくと、涼太がいただきますと元気に言って食べはじめた。

「おいし」

甘いトーストを口いっぱいに頬張った弟が幸せそうにふんわりと笑う。その笑顔に満足した蓮も自分用に焼いたパンをかじった。

朝食のメニューに甘ったるいものばかりが並ぶのは自分が食べたいからではなく、朝は甘いものじゃないと食べられないという弟のためである。他人にそれを言うと甘やかしすぎだと言われるのだが、涼太のかわいさを知らないからそんなことを言えるのだろうと思ったりもする。

「涼太、こぼれてる」

「あ、ほんとだ」

食卓にメープルシロップをこぼしているのを指摘してやると、恥ずかしそうに拭《ふ》く。そんなささいな仕草もかわいらしい。

「そういえば昨夜、美奈子《みなこ》さんからメールがあった」

蓮はパンを咀嚼《そしゃく》してから言った。美奈子さんというのは父の再婚相手である。

「なんて？」

「なんでも豆腐をたくさんもらったらしい。食べにこいってさ」

「豆腐？　たくさんもらうようなものでもない気がするんだけど……んー、日もちしないもんねえ」

「最近顔だしてなかったし、今夜にでも行くか」

蓮の誘いに、涼太はかわいらしく小首をかしげて困った顔をする。

「うー、ごめん、今日はだめなんだ」

「なんだ。また職場の飲み会か？」

「うん」

「おまえのところはほんとに仲いいよな」

「うん、仲良くしてもらってる」

涼太の女の子のように大きな目が嬉《うれ》しそうに和んだ。

涼太は高校卒業後、服飾の専門学校へ一年通い、現在は都内に数店舗をかまえる手芸用品店に勤めている。いちど覗きに行ったことがあるが、弟のふわふわした雰囲気は店にぴったりで、作品例として展示されていたうさぎのぬいぐるみといっしょに弟を棚に陳列したいぐらい調和していた。こんなにかわいくては家にお持ち帰りしようとする客がいてもふしぎではないように思えて、少々心配である。

「じゃあ俺だけ行ってくるか」

「ごめん。ふたりによろしくね」

「おまえもあまり遅くまでふらふらするなよ。女の子に間違われやすいんだから」

「あは。さすがに最近は、間違えられることはないよお」

「昔ほどじゃなくても、そう思うやつはいるだろ。なにかあったらすぐに連絡よこせよ」

二十四の男にかける言葉ではないとわかっているが、のほほんと桃色のオーラを醸しだす弟を心配せずにはいられない。成人したいままでも変質者に声をかけられることがよくあるのだ。子供の頃は言葉巧みに連れ去られたこともある。

なにかと危ない目にあっているのだから周囲に対してもっと警戒すべきなのに、緊張感がないため、よけい蓮の心配が増すのである。自分が守ってやらないとという使命感は幼い頃から根づいて揺らがない。

「こう言うとおまえは笑うけど、本当にかわいいんだから、自衛しなきゃだめだぞ」

「それは兄ちゃんのほうこそって気がするけど。ありがと。だいじょうぶだよ」

「それからわかってるだろうけど、粉ものは口にするなよ」

「うん。うどんもパンもクッキーも、兄ちゃんが作ったもの以外は食べないよ」

涼太には蕎麦《そば》アレルギーがある。蕎麦そのものでなくとも、混入している可能性のあるものは油断できない。兄の心配をよそに涼太は愛らしく笑い、食事を終えると食器を片付けて出勤の支度をはじめた。蓮も手早く支度を済ませて、ふたり揃《そろ》って家を出た。

朝は、そんな調子で普段となんら変わらなかったのだ。

問題は、その夜に発生した。

蓮は仕事を終えるとその足で実家のある小金井へむかった。

蓮たち兄弟は父子家庭で育ったのだが、五年前、ふたりの就職を機に父が再婚し、それと同時に兄弟で家から出た。職場へは実家からも通えたが、新婚のふたりに遠慮した格好である。

ほがらかで気さくな美奈子と無口な父に久しぶりに顔を見せて、豆腐づくしの食卓を囲んで近況を話し、九時頃にマンションへ戻ると、朝履いていったはずの涼太の靴が玄関にあった。廊下の突き当たりにある居間の明かりもついている。

すでに帰ってきているらしい。

「ただいま」

居間の扉を開けると、涼太は膝《ひざ》を抱えてピスタチオ色のひとり掛けソファにすわっていた。心なしか表情が暗い。

「なんだ、いやに早いな」

飲み会の日は零時近くなるのが常なのに、まだ九時である。どうしたのかと声をかけると、涼太のかわいい顔がいきなりくしゃりとゆがみ、その瞳から大粒の涙が溢《あふ》れた。

「兄ちゃん……っ」

蓮の顔を見て気がゆるんだのか、弟は堰《せき》を切ったようにうわあんと声をあげて泣きだした。蓮も華奢《きゃしゃ》だが、それ以上に小柄で華奢な身体《からだ》がさらに縮まったように見える。

「おい、どうした」

蓮は驚いて弟に駆け寄り、肩に手をかけて覗き込んだ。

「なにがあったんだ」

すると涼太はしゃくりあげながら言った。

「……ふられちゃったんだ……」

「そうか、ふられ――って、ちょっと待て」

失恋か、そりゃへこむよな、と一瞬平熱で思ってしまったが、すぐに重大な事実に気づいた。

「……おまえをふったのって、男、なんだよな？」

「うん」

そう。なにを隠そう、弟はゲイなのである。

高校生の頃、初めて打ち明けられたときにはショックのあまり一週間ほど寝込んだが、いまは彼の性指向を冷静に受けとめている。蕎麦アレルギーといっしょで、そういう体質なのだと思うよりない。

だから涼太が男を好きだというのはいいのだ。

重大な事実とは、このかわいい弟をふった男が地球上に存在するということである。

「涼太。その話、兄ちゃんにくわしく聞かせろ」

どこのどいつだそのふざけたヤロウは、と秀麗な顔に不穏な色をにじませて、蓮は弟のすわるソファの肘掛《ひじかけ》に腰かけた。

「あ、あの……っ、ね……っ」

「ああ、焦らなくていい」

涼太はいちど泣きだしてしまうと興奮してしまって、話そうとしてもうまく声が出ない。なだめるように、自分とおなじやわらかい質感の髪を撫《な》でてやっているとどうにか落ち着いてきたようで、ティッシュで涙を拭《ぬぐ》いながらおずおずと話しだした。

「えっとね……じつは今日はね、職場の仲間に誘われて、合コンに行ってきたんだ」

「合コン？」

「うん」

「内輪だけの飲み会じゃなかったのか」

「うん。合コンなんて言うと、兄ちゃん心配するかもって思って。ごめんね」

「いや、いいけど。でも、合コンっておまえ、男が好きだったんじゃ」

「だから、男だけの合コン」

蓮は口をつぐんだ。合コンといったら男女でするものといった固定観念を抱いていたため、なんだそれは、と思ってしまったからだが、考えてみればゲイの合コンならば男だけのほうが自然だ。

涼太が話を続ける。

「それでね、そのメンバーの中に、高校のとき好きだった同級生がいたんだ」

「ほう」

「そんな偶然、なかなかないよね。すごくびっくりして、これって運命かも、とか思っちゃって、ぼく、勇気をだして話しかけたんだ。昔からかっこいいって思ってたことも、告白してみたんだ。そしたら……」

そのときのことを思いだしたようで、涼太はとまりかけていた涙をふたたび溢れさせた。

「……迷惑そうな顔されて、ぼくじゃ相手にならないって言われちゃって……」

「相手にならないだと？　そう言われたのか？」

「うん……」

「それはなにかの間違いじゃないか？　涼太がかわいすぎるから、醜い自分じゃ相手が務まらないって意味だろう？」

「違うよ。ぼくが、だめなんだよ」

蓮は衝撃に目を瞠《みは》った。

こんなにかわいい弟が相手にならないとはどういうことか。ノンケならばまだ理解できる。しかし相手もゲイだというのだ。それなのに涼太の魅力がわからず、しかも平気で傷つけるような言葉をかけるなんて、世界の滅亡よりもありえない話だった。見る目がないどころの話じゃない。

「おまえにそんなことを言うとはとんだ勘違いヤロウのようだな。そういうやつにかぎって、鏡を見て出直してこいと言ってやりたくなるような男だったりするんだ」

「ううん。仁科《にしな》くん、すごくかっこいいよ」

ふった相手をけなげにかばう弟が哀れで、蓮は眉《まゆ》をひそめた。

涼太はゲイだと言ってはいるが、まわりに男の気配を感じたことはない。どうも実際につきあったことはないようで、片想いばかりしているようだ。ひどく奥手で、もしかしたら自分からアプローチしたことすら初めてかもしれない。

それなのに、そんな純情可憐《かれん》な弟を手ひどくふった男が心底憎らしく思えた。

「ぼくも兄ちゃんみたいに美人だったら、相手にしてもらえたのかな……」

涼太がはあとため息をつく。

「そんな男のことはさっさと忘れろ」

蓮が肩を抱き寄せると涼太は素直に身体を預けてきたが、遠い目をしていて、もういちどため息をついた。

「その人、仁科櫂《かい》っていうんだ。なまえもかっこいいよねえ」

「ふん。そうかな」

「兄ちゃん、知ってる？」

「高校の同級生なんだろう？　おまえらの入学とちょうど入れ替わりで俺は卒業なんだから、面識あるわけないぞ」

社交性は人並みだと思っている。どちらかといえば広く浅くよりも、少数と深くつきあうほうだろうか。高校時代の後輩なんて、ひとつ下すら数えるほどしか覚えていないのに、三つ下となると、相手がよほどの有名人でもない限り問題外だ。

「それがね、仁科くん、兄ちゃんとおなじ会社に勤めてるんだって」

「BTT？」

「うん。その、研究所。開発研究部って言ってた」

「へえ。研究員か」

蓮は大手化学品メーカーBTTの研究所内にある分析センターに勤めている。洗剤などのホームケア用品、化粧品などのビューティーケア用品、介護に関わるヘルスケア用品、そのほか医薬品やパルプなど、取り扱う製品は多岐にわたるうえに基盤技術研究などもおこなっているため、研究部は三部五課まであり、さらにその下にいくつもグループが分かれる。蓮のところには各研究部からの分析依頼がくるが、そのサンプルを持ってくるのは研究助手なので、おなじ研究所内でも他部署の研究員と交流を持つことはすくない。名前と顔が一致するのはせいぜい同期ぐらいだ。

「仁科櫂、ね……知らないな」

蓮は細い顎《あご》を指先で撫でた。

「なんの研究してるって？」

「くわしくは聞いてないんだ」

「そうか」

蓮は低い声で呟《つぶや》くと、思案するように押し黙った。

「あの……話をふっておいてこう言うのもなんだけど……兄ちゃん、会いに行ったりは、しないよね……？」

「まさか」

蓮の様子に不穏なものを感じたのか、恐る恐るといった様子で窺《うかが》う弟に、さらりと否定してみせる。

「参考までに聞いておこうと思っただけだ」

「ならいいんだけど……兄ちゃんに泣きついたと仁科くんに思われたら、さすがに恥ずかしすぎるから」

実際泣きついてるけど、と涼太は顔を赤らめ、それから思いついたように顔をあげた。

「あ、そういえば。ぼく、つい浮かれちゃって、兄ちゃんもおなじ職場だって仁科くんに言っちゃったんだけど、だいじょうぶだったかな。仕事に支障が出ないといいけど」

「それはべつに問題ないだろ。相手の男がどんな常識を持ちあわせているか知らないが」

「ごめんね」

蓮は弟の頭をぐしぐしと撫でた。

「人のことはいいから。ココアでも飲むか？」

「うん」

「待ってろ」

仁科櫂。

かわいい弟を泣かした男の名前はしっかり胸に刻んだ。

明日会社へ行ったら、さっそく品定めをしてやろうじゃないかと闘志を秘めつつ、蓮は澄ました顔をして立ちあがった。


八階建ての研究棟の二階にある分析センターは、各種分析機器ごとに六つの部屋に分かれており、数十人の白衣の分析員がそれぞれの担当機器を動かしている。

第六分析室で特殊装置類を扱う蓮は壁の時計を見あげて昼休憩の時間になったことを確認すると、作業を切りあげて立ちあがった。

「もう昼か。春口くん、食堂行く？」

「すみません、先に行ってもらえますか」

一つ先輩で仲のよい戸叶《とかの》に声をかけられたが、蓮は首をふった。

「なに。やることあるなら残り番に頼んだら？」

「いえ、ちょっと野暮用があって」

「ふうん？」

あとからむかうと言い残し、蓮はひとりで廊下へ出た。

今朝、仕事にとりかかる前に名簿を調べたのだが、仁科櫂はヘアケアグループの第三研究室に所属していることがわかった。蓮は白衣の裾をひるがえして階段を一段飛ばしにのぼり、五階にある第三研究室へ勇み足でむかった。

子供の頃ならば涼太を苛《いじ》めた相手に仕返しをしたこともあったが、さすがにこの歳《とし》で、それも職場でけんかをふっかけるつもりはない。けれどもとにかくどんな男か、いちどこの目で確かめずにはいられない。涼太が相手の言葉を誤解した可能性もあるから、その辺りも確認しておきたい。

もしも誤解ならば、そして仁科とやらが涼太を任せてもいいと思える好青年ならば、仲をとり持ってやることもやぶさかではない。ただし涼太を泣かした罪をしっかりと反省させてからだが。

五階へきてみると、おなじ研究所内でも蓮のいる二階とはどことなく雰囲気が違って見えた。目的の研究室は廊下の奥のほうにあり、出入り口の前までくると、蓮は息を整えて白衣の襟を正し、そっと扉をあけて中を覗いてみた。すると壁際にある洗髪台の前に立っていた男がこちらに気づいた。

「おやめずらしい。どうしたの」

同期の藤谷《ふじたに》だった。

藤谷は熊のようにのっそりとした男で横幅がある。やってきた彼の巨体が出入り口を塞《ふさ》いでしまったため、話しながら室内を覗くことはできなかった。

「仁科くんっているかな？」

「仁科くん？　いるけど、いまテスト中……あ、終わったかな。おーい、仁科くーん」

藤谷はなにごとかといったふしぎそうな表情をしたが、詮索《せんさく》することなくふり返って仁科を呼んだ。

どんなやつがやってくるだろう。

涼太はかっこいいと言っていたが、しょせん研究員。モデルや俳優ではなく一般人なのだし、きっとたいしたことはないだろうと思っている。

蓮自身はかなりの美人である。それも弟とは違い、勝気な雰囲気の漂う容貌である。端整な顔立ちで、意識してきつく睨《にら》みつける姿は迫力があり、たいがいの男にはけちをつけられる隙《すき》はないと自負している。身長は一七〇ほどで華奢な体型ではあるが、女っぽいわけでもない。

だから「その程度のレベルで弟をふったのか」と鼻でせせら笑って見くだしてやる予定だった。

しかし。

腕を組んで待つことしばし、カツカツと足音を鳴らしてやってきた青年の姿を見て蓮は啞《あ》然《ぜん》とした。

現れたのは鼻梁《びりょう》が高く品のある顔立ちの、目が覚めるような二枚目だった。身長は見あげるほど高く、一八五はありそうだ。白衣に包まれた胸板も厚く、均整のとれた体格をしている。

どこから見ても欠点が見あたらない、おとぎ話の王子さまをそのまま具現化したような男で、ぽかんとするほど驚いた。

「なにか」

これで声が変だったらおもしろかったのに、残念ながら深みのある低音である。

悔しいほどに完璧で、先制攻撃を食らった気分だった。

「分析の春口くんが、用があるって」

藤谷にむいていた彼の視線が蓮に流れる。整いすぎて冷たい印象を受けるまなざしは、自信ある男特有の力強いもので、それまで呆然《ぼうぜん》と仁科に目を奪われていた蓮ははっと我に返った。

いくら格好よくても弟をふっていい理由にはならないのだ。予想外の美形ぶりに若干怯《ひる》んだものの、気を引き締めて、相手の目を見返した。

「ちょっと話があるんだが、いま、いいかな」

仁科が無遠慮な視線でじろじろと見おろしてくる。

「なんでしょう」

「ここじゃなんだから、場所を移そう」

「どれくらいかかりますか。片づけがあるんですが」

「十分ぐらいで終わると思うが、仕事があるならそちらを優先してくれ」

仁科はいちどふりむいて室内の様子を確認し、考えるような顔をしてから蓮に目を戻した。

「……それぐらいでしたら」

ということで了承を得て、廊下へ連れだした。

エレベーターホールのほうは昼休憩時で人の行き来が多いため反対の方角へ進み、人けのない非常階段の手前までできたところで、この辺でいいかと立ちどまる。そして小憎らしいほど高い位置にある仁科の目を見あげた。

「改めまして、春口です。話というのは、仕事とは関係ないんだ」

蓮としては仁科の人となりを見て、まずは弟をふった理由を聞きたい。仕事上関係を良好に保つ必要のある相手でもなく、仁科も時間が惜しいようなので、手っとり早く本題に入った。

「昨日弟がお世話になった件についてなんだが」

「弟？」

「涼太という。仁科くんとおなじ高校の同級生で、昨日再会したと聞いている」

仁科は眉をひそめて首をかしげた。

「すみません。誰のことだか、ちょっとわからないんですが」

「春口涼太、だが」

「ええ。ですから、わからないんですけど」

蓮は耳を疑った。

「……わからない、だと……？」

あんなにかわいいうちの弟のことが？

仁科の反応に、すくなからず驚いた。

兄弟が勤めているという話は聞いているはずなのだ。涼太が話したと言っていた。だから最初に藤谷が「春口」と紹介した時点で、涼太の兄だと感づいてよさそうなものなのに。合コンの席で同級生だったと言われたら、たとえ興味のない相手だったとしても名字ぐらいは覚えているものではなかろうか。

人違いではないはずだ。

とぼけているのだろうか。

「昨日の合コンだぞ。ちいさくてかわいくてふわふわした子から、告白されただろう。兄がここに勤めてるって話、聞いただろう。覚えてないのか？」

イラッとして眉根を寄せてそう言うと、仁科はようやく思いだしたように顎をあげた。

「そういえばそんなのもいましたかね」

「……そんなの？」

蓮の唇が、不自然に引きつる。

「ああ、失礼。酒の席での話を、いちいち全部聞いていられないでしょう。どの程度の合コンを想像していらっしゃるのか知りませんけど、けっこうな規模だったんですよ。兄がいるとか言われたのはなんとなく覚えてます。思いだしましたよ」

冷めた視線が見おろしてくる。

「そのお兄さんが、あなたというわけですね。それで？」

まなざしにはいかにも面倒くさそうな、そしてどことなく人を見くだしたような侮蔑《ぶべつ》の色が潜んでいた。

「……ずいぶん飲んだんだな」

「そうでもないですよ」

酒の席でと言っておきながら、さほど飲んでいないと言う。飲んでいないけど覚えてない。それだけ涼太に興味がなかったのだと言いたいわけだ。

カチンときて、蓮は敵意をあらわに睨みつけた。

「弟じゃ相手にならないと言ってふったそうだが」

不本意ながら、仁科が美形ということは認めよう。しかし涼太が相手にならないというのには異議がある。

「どうしてそう思ったのか、理由を聞かせてくれ」

「……驚いた」

仁科は目を見開いて蓮の顔をしげしげと見ると、獲物を見つけた猫が舌なめずりするような顔をした。

「まさか、弟の恋愛沙汰《ざた》に兄が出てくるとはね」

嘲《あざけ》るようににたりと笑われ、蓮はカッとした。

「……。理由を聞かせてくれ」

最前の、けんかはしないというセリフも忘れて臨戦態勢に入った蓮だったが、反撃はこれまた予想外のものだった。

「俺、ゲイじゃないんで」

「は？」

「合コンをセッティングした主催者に頼まれて、人数あわせで行っただけです」

仁科はさらさらの黒髪を優雅に払いあげ、涼しく言いのけた。

「ゲイじゃないのに、ゲイの合コンに参加したのか？」

「そういうことです」

いくら頼まれたと言っても、よく参加できるものだと、おなじくノンケの蓮は目をまたたかせてしまう。

「行きたくて行ったわけじゃなくて、主催者が恩のある大学の先輩で、断りきれなかったんですよ」

「そうか……」

ノンケというのならば弟とつきあえない道理は納得だ。が、その気もないくせに参加されたおかげで弟が傷ついたのだと思うと、やはり腹立たしさが残った。

「しかたなく参加しましたが、くだらない集まりでしたね」

「くだらない？」

またもや人の神経を逆なでする棘《とげ》のある言葉を投げられて、蓮の眉間《みけん》のしわが深まる。

「だってそうでしょう。相手がほしければ、ゲイバーにでも行けばいい」

「そういう場所では得られない楽しさもあるんだろう。男女のケースでも、合コンとキャバクラの違いを考えてみるといい」

よく知らないが、なんとなくゲイ擁護側にまわってみる。

「あなたもそちらの人なんですか」

「俺はゲイじゃない」

答えると、仁科がなにを考えているのかよくわからないまなざしで見つめてきた。それからかすかに鼻で笑う。

「で、用件ってそれだけですか？　まさかノンケの俺に弟とつきあえとか言いませんよね。もしゲイだったとしても、彼はちょっと無理だな」

と、ばかにしたふうに冷笑された。

ゲイだとしても無理、だと？

「なんで」

「ああいった、かわいこぶった感じは鳥肌が立つんですよね」

「……べつに、ぶってるわけじゃないだろ」

鳥肌が立つだとう、と襟首をつかみたい気持ちはぐっとこらえた。

ぶってるんじゃなくて本当にかわいいだけなのだ、と初対面の男に主張するのはさすがに兄ばか過ぎるので控えたが、気持ちは伝わったようだ。仁科の冷笑に嘲りの色が増した。

「なんでもいいですけどね。趣味じゃないってことです。そんなくだらない話をしにここまできたんですか？　ご苦労なことですね」

「……っ」

兄弟揃って嘲笑《ちょうしょう》され続け、怒りで頭に血がのぼってくる。

たしかに、成人した弟の合コン話に兄がしゃしゃり出てくるのは尋常でないとわかっている。しかしここまでばかにされる筋あいもない。

「くだらなくはないだろう。弟は泣いたんだぞ」

「へえ？」

仁科が意外そうに片眉をあげた。

「なんです、泣かして悪かったと謝ればいいんですか？　まるで中学生ですね。合コンでいきなり告白してくるほうもどうかと思いませんか」

「…………」

あきらかに挑発されている。

ふだんから気が長いとは言えない蓮だが、それでも社会人として人並みの理性と常識は身につけているつもりである。しかしながら、こと弟が関わると沸点が低くなり、見境がなくなるふしがある。

見た目はよくても中身は最低のこんなクズヤロウに大事な弟が泣かされたのだと思うと、はらわたが煮えくり返った。

大人げなくていい。

どうにかして仕返ししてやりたい。

「それだけでしたら、もういいですよね」

仁科は勝手に話を切りあげて立ち去ろうとする。

「待て」

ここまで言われて黙って引きさがるわけにはいかず、蓮はとっさに引きとめた。

ことはすでに涼太だけの問題ではなくなっている。

とはいえ挑発に乗るのは負けも同然。

どうするか、瞬時に考えた。

「待て待て。仁科くんは気が短いな。なんていうかな、いまのはちょっとした前ふりだよ」

それまでの不快そうな顔を一転させて爽やかな笑顔を見せると、足をとめた仁科が怪訝《けげん》そうな顔をした。

「前ふり？」

「そう。どんな反応するのか、試させてもらっただけ。悪いな」

害意がないことを示すように、おおらかな態度で仁科の腕を軽く叩《たた》く。

「ふったふらないなんて話は、本当はどうでもいいんだ。弟の同級生がおなじ職場にいたなんて知らなかったから、興味が湧《わ》いてさ。俺もおなじ高校だったから、先輩後輩の仲ってことだろ。これも縁ってことで、ひとつ、仲良くしないか」

「………」

「な？」

小首をかしげて明るく見あげるが、仁科は胡散臭《うさんくさ》げな顔をして警戒をとこうとしない。

「試したりして、怒ったか？」

「……怒りはしませんけど」

「不愉快な思いをさせていたなら、お詫《わ》びに奢《おご》る。飲みにでも行こう」

ムカつく男のために、とっておきの笑顔を披露してやった。それを眺めた仁科は、しばらくして、

「いいですけど……」

と、なにを考えているのかよくわからない声音《こわね》で答えた。

二

蓮は男に異常にもてる。

なにしろ美貌である。

友だちだと思っていた相手に告白されたことなど数知れず、襲われかけたこともいちどや二度ではない。

人は意識無意識にかかわらず他者と比較して生きているもので、蓮も自分の容姿が比較的整っているほうだという自覚はある。

人生でいちども告白されたことがないという友人がまわりにいる中で、自分だけが男女問わずひっきりなしに告白され、綺麗《きれい》だなんだともてはやされる状況を鑑《かんが》みれば、嫌でも自覚は芽生える。

人間外見じゃない、中身が大事だとよく言うけれど、それでも外見に惑わされる者は多いらしい。話したこともないのに好きだと言ってくる人がたまにいる。それはかまわないが、好きだと言い寄ってくるくせに、ブラコンと知ったとたんに幻滅したと文句を言われることも多く、勝手に理想を押しつけられるこっちの身にもなってほしいと思ったりもする。好きでこの顔に生まれついたわけでもないのに嫉妬や妬《ねた》みの対象になったり、美形はなんでもできて当然という意味不明な高いハードルを設けられたりと、当人としてはさほどいいものでもない。そんなことを言ったら非難囂々《ごうごう》だろうから口にはしないが。

とにもかくにもこの迷惑なだけで、なんの役にも立たなかった「容姿」というとりえを最大限利用できる機会がついにやってきたのである。

数々のノンケを転ばせてきたこの顔を使って、仁科を落としてやるつもりである。

「なにがなんでも、落とす」

蓮はロッカールームで白衣を脱ぐと、自身に誓うようにこぶしを握った。

ゲイじゃないと言い張る男をゲイにしてやるのだ。そして「俺、ゲイじゃないんで」という言葉をそっくりそのまま返して、嘲りながらふってやるのだ。

飲みに誘ったのは、そのためである。

「あんのクソ生意気ヤロウ、見てろよ。絶対ゲイにしてやる」

仁科が今夜はあいてると言うので、さっそく飲みに行く約束をその場でとりかわしてあった。

弟に遅くなるとメールを送り、仕事を終えてから待ちあわせ場所の研究所ロビーへむかうと彼はすでにいて、黒系のスーツに身を包んで受付の辺りに佇《たたず》んでいた。

姿勢がよいせいだろうか、二十四歳という若さには似つかわしくない威風堂々とした雰囲気があった。まるで若き会社役員といった感じで、生意気にも人目を引きつけている。憎たらしいことだ。

「仁科くん」

蓮は白衣を脱いだだけで、スーツの上着は脇に抱えている。

「悪い、待たせた」

歩み寄りながら声をかけると、仁科が身体をむけ、顎をついと引く。そのわずかな立ち居ふるまいもいちいち優雅でさまになっているところが癪《しゃく》に障るが、蓮は顔にださずに笑顔をむけた。

「行こうか。なにが食べたい？」

「なんでも。おまかせしますよ」

「じゃあ、そうだな。和食系の居酒屋でいいか？　ちょっと変わった酒をだす店があるんだ。よければそこに行こう」

外へ出るとまだ明るかった。上着も必要なさそうな陽気だが、あと小一時間もすれば陽《ひ》も落ち、冷え込んでくるだろう。

研究所はマンションや一般企業ビルが混在する区域にあり、仕事帰りのサラリーマンの流れに従って駅の方向へ歩いていった。

「仁科くんはどこから通ってるんだ？」

「荻窪です」

「実家から？」

「いえ。家は出て、ひとり暮らししてます」

「そう。荻窪は友だちが住んでたから学生時代によく行ったな。駅前のラーメン屋激戦区が有名だよな。どこがおいしい——あっ」

そのとき横を追い越していったサラリーマンと肩がぶつかり、その拍子によろけた蓮は、とっさに腕を伸ばしてとなりを歩いていた仁科にしがみついた。反射的に抱きとめてくれた腕は力強く男らしい。広い胸は見た目以上にたくましくがっしりしていて、なにやら甘い香りがした。

「あ……悪い……」

蓮は仁科の耳元にささやくように告げ、色っぽい吐息を漏らした。ついでに、せつなげに彼の瞳を見あげる。目を潤ませたり頬を上気させたりという生理現象はさすがに引き起こせなかった。

よろけたのはもちろんわざとである。さっそく行動に出てみたのだ。

「ありがとう」

「いえ」

往来であるし、あまりくっつきすぎるのも不自然なので、ほどほどにして身を引いてみると、仁科はそれまでどおりに歩きはじめる。態度にはこれといった変化はない。

まあこれからさ、と思いながら蓮も進み、やがて目的の店のある雑居ビルに到着した。

店は地下にあり、階段をおりて暖簾《のれん》をくぐる。店内は個室の座敷ばかりであり、その一室へ腰を落ち着けると、まずはビールを頼んだ。

「日本酒が豊富のようですね」

メニューを見た仁科が話しかけてきた。初対面ではけんか腰だった蓮の態度が急変したから不審に思っていたようだが、警戒がとけてきたようだ。

「そう。とりあえずビール頼んだけど。仁科くんは酒はいける口か」

「わりと」

「ふだんはなに飲む?」

「ビールやワインが多いですね。でも日本酒もわりと好きですよ」

「それはよかった。ここは全国各地から地酒を集めてて、メニューに載ってない隠し酒がかなりあるんだ。あえてメニューに載ってないめずらしい銘柄を注文してみて、はたして置いてあるか試したりするのも、店主との駆け引きのようで楽しかったりする」

手本として涼太の邪気のない笑顔を思い描きながら、にこりと笑ってみせる。この笑顔で落ちる男は経験上多い。しかし仁科は蓮の笑顔に見惚《みと》れるでもなく、メニューに目を落とした。

「では、次は日本酒を頼んでみましょうか」

もうちょっと見てくれよ……と蓮はがくりとする。

だが一見無表情であっても顔に出ないだけで、内心ではどう思っているかわからないものである。彼が笑顔に心動かされた様子ははっきりとは感じられないが、最初とは違ってふつうに会話ができるようになっているのは、効果があったと考えていいのかもしれない。

蓮は前むきに考えて、次の攻め手を繰りだすことにする。

「ところで仁科くんの髪は、さらさらでいいな。ヘアケアはやっぱり自分で開発したものを使ってるのか？」

落としたい相手を褒めるのは基本だろうと思って話をふってみる。ただふつうに容姿を褒めても、褒められ慣れているであろう相手ではうわべしか見ていないのだとマイナスに受けとられかねないので、仕事の成果に絡めてみた。

開発した製品が優れているから髪がさらさらなのだろう、と言っているのである。研究者が自分で作ったものを使っていないわけがないので、聞くまでもなくわかっていたことだが、これで、仁科の髪も仕事ぶりも二重に褒めたことになる。

「ええ、まあ、いろいろです」

仁科の返事は素っ気《そけ》なかったが、説明はしてくれる。

「いま使っているのはアクアシリーズです。髪のうねりを抑えるという謳《うた》い文句の製品ですね」

「俺が使ってもさらさらになるかな」

「個人差がありますから、どうでしょう。俺の髪質は元々直毛で太いので、こんなですけど」

「俺、髪に腰がなくてさ」

蓮は自分の細くて柔らかい髪をつまんだ。

髪に興味があるふりをして「さわらせて」と仁科の髪にさわるというアプローチ方法もちらりと考えてみたが、効果があるのかどうか正直よくわからない。

元々好きな相手にさわられるのはどきっとするが、まだなんとも思っていない相手では、逆に悪い印象を植えつけかねない気もしてやめておくことにする。もうすこし様子をみたほうがいいだろう。

その後も届いた酒と料理をつまみながら、現在仁科が関わっているトリートメント剤についての話をしたり、高校時代の教師の話をしたりと、昼間の険悪な態度がうそのように和やかにときがすぎ、杯を重ねていった。

「ちょっと、ごめん」

二時間も過ぎた頃、蓮は席を立った。店の奥にあるトイレへ入り、洗面前の鏡を見ると、頬を真っ赤に染めた自分の姿が映しだされている。

酒好きのような口をきいたが、じつはあまり強いほうではない。すぐに酔いが顔に出るのはかっこ悪いと思うし、妙な男に言い寄られたりしてやっかいだったりするのだが、今日はこの弱点が武器になりそうだ。

自分の酔った顔なんてだらしなくてみっともないだけにしか見えないが、この顔を見て言い寄ってくる男がいるのだから、仁科も釣れるかもしれない。

さらに効果的になるように、しばらくまばたきを我慢して瞳を潤ませた。

これで落としやすくなっただろうとほくそ笑み、座敷に戻る。それまではテーブルを挟んで対面していたのだが、蓮は座敷にあがると、今度は仁科のとなりに腰かけた。

勝負に出るのである。初めはぎこちなかったものの、この二時間でかなりうちとけ、手ごたえをつかんでいる。接近戦はちょっと早いだろうかと逡巡《しゅんじゅん》したものの、タイミングは悪くないように勘が働いた。

「なんだか、酔ったみたいだ」

実際そこまでではないのだが、ひどく酔ったふりをして、胡坐《あぐら》をかいてすわる男にぴったりと身を寄せて、その肩にもたれてみる。

「そのようですね」

仁科の身体からはやはり甘い香りがした。トリートメント剤の香料なのかもしれない。

「仁科くんって、いい匂いがするな」

「そうですかね。自分ではよくわかりませんが」

「うん。いい匂い……」

肩に頬をすりつけて、甘えるような仕草をしてみせる。

「そろそろ帰りますか」

「ん……もうちょっと」

手を、彼の太腿《ふともも》にそっと乗せた。

「でももう飲めないでしょう」

「だけど……すこし酔いを醒《さ》ましたいから、もうしばらくこのままつきあってくれないか」

とろりとしたまなざしで訴えかける。唇もわずかに緩めた。

自分から男を落とそうとした経験がないからわからないが、たぶんこんな顔をしたらいいんじゃないかと自分なりに考えた表情である。

「すみませんけれど」

しかし期待通りにことは進まず、仁科の手は蓮の肩を抱くでもなく、代わりに伝票へと伸ばされた。

「初対面の男の介抱は請け負いかねます。休んでいくと言うなら、俺はこれで失礼します。代金は立て替えておきますから、あとで払ってくださいね」

「ひどっ」

ぎょっとして身を起こした蓮にかまわず、仁科はさっさと帰り支度をはじめてしまった。いちどだけ蓮へ目をくれて、すこし待ってくれるようなそぶりをしてみせたが、蓮が口ごもっていると、黙って会計へむかってしまった。

つれない男である。蓮もしかたなくあとを追った。

「だめか……」

さすがにそう簡単にいくものではないようだった。

なにしろ相手も自分もノンケなのである。しかも今日会ったばかりだ。いくら蓮がノンケにもてるといっても、女の子のようにはいかない。

「仁科くん、待て。俺が払う」

長期戦で臨むべきだろう。一日や二日では、まず無理だ。今日は諦《あきら》めて仕切りなおそうと思いつつ、会計を済ませた。

「ごちそうさまです」

「今日はつきあってくれてありがとう。またそのうち飲もうな」

店を出て、地上への階段をのぼりかけたところで、となりを歩く仁科が頭上でふっと笑った気配がした。

「このあとは？」

「え？」

「今日はこれでおしまいですか？」

「あ……？　飲み足りなかったか？　もう一軒行くか？」

きょとんとして見あげると、ほの暗い蛍光灯の明かりに照らされた仁科は口の端を引きあげて、小ばかにしたような薄笑いを浮かべて見おろしていた。

「そうじゃありませんよ。あなたの色仕掛けのことです」

ずばり言われて、蓮は目を見開いた。

「もっと仕掛けてくるのかと思っていたんですが。帰ろうとしても引きとめもしないし、あの程度で終わりとは、本当に中学生レベルだ」

「い、いったいなんのことだ」

内心の動揺を隠しきれずに尋ねれば、踊り場まできたところで仁科が身体をむけてきた。

「あのですね。弟をふったとかいちゃもんつけてきた相手が手のひらを返してべたべたしてきたら、よほどのばかじゃないかぎり腹は読めるでしょう」

一歩、近寄られる。間合いが縮まって、相手から受ける威圧感が増した。

「……嫌だな。そんなんじゃない。純粋に友好を深めようとしただけで……」

「仕返しに俺を落とすつもりなんでしょう？　ばれてますから。言いわけしても見苦しいだけですよ」

「…………」

初めから魂胆を見抜かれていたらしい。そ知らぬふりで会話しながら内心で笑われていたのだ。しなだれかかったときもばかにされていたのだと知れると、悔しいやら恥ずかしいやらで、顔が熱くなった。

悔し紛れに精いっぱい睨みつけると、男の笑みがいっそう深くなった。

「……あなたって、泣かしてみたくなるタイプですよね」

からかうような物言いに、蓮はカッとする。

「…………！」

しかし言い返そうと息を吸った瞬間、肩をつかまれ引き寄せられた。

「な、にを……っ」

整いすぎて人形のようにも見える顔が目の前にある。

「俺を落としたかったら、せめてこれぐらいはしないと」

ささやくような低音で告げられ、抵抗する間もなく唇を奪われた。

「ん……っ！」

反射的に頭を引こうとしたが、一方の手で後頭部を押さえられ、もう一方で身体をがっちり抱え込まれていて逃げられない。

そうこうしているうちに唇を割られ、口の中に舌が潜り込んできた。

噛《か》んでやろうか、と思った。だが逃げるのは嫌だと思い直し、受けて立とうじゃないかと、あえて口を開いて迎え入れた。

男の舌がねっとりと粘膜をまさぐり、蓮のそれに絡んでくる。蓮も積極的に応じ、舌を差しだした。

「……ん……ふ」

暗い地下の階段の一角で、男同士で抱きあって、舌を絡めあう。誰かが通ったらという不安が胸によぎったのはほんのわずかで、それよりもここで引いたら負けだという負けん気のほうが勝って、やめられなかった。

はじめは、そんなふうに勝負をしているつもりだった。

それがいつしか、調子が狂いはじめた。

仁科の巧みな愛撫《あいぶ》に翻弄《ほんろう》されて、身の内に快感が広がりだす。それに伴い徐々に身体から力が抜け、息があがってきた。

「は……っ、……」

酸素を欲して息を大きく吸い込めば、仁科の身体から漂う甘い香りが濃密な麻薬のように頭を眩《くら》ませ、惑わされる。

口中の敏感なところを舌先でくすぐられ、血が激しく駆けめぐり、身体が熱くなる。こちらもやり返そうと攻めれば、逆に弱いところを見つけられて、腰が疼《うず》くような愛撫を返され

る。

赤子の手を捻《ひね》るかのようにやすやすとやり込められ、途中からはもう、大きな体軀《たいく》に抱き込まれて女のように縋《すが》りついてしまうことしかできなくて、されるがままになっていた。

どれほどそうしていただろう。腰が砕けたように立っていられなくなったところで、ようやく解放された。

「……っ」

支えを失った蓮は背後の壁にもたれ、そのままずるずるとしゃがみ込んだ。喘ぐように荒い呼吸をしていると、仁科が満足そうに目を細めて見おろしてきた。背後の暗がりが、その表情をより嗜虐《しぎゃく》的に見せていた。

「これぐらいで腰を抜かしてるようじゃ、俺を落とすのは難しいでしょうね」

仁科が身を屈《かが》めて指を伸ばし、蓮の濡《ぬ》れた唇をなぞる。

「だっこでもしてあげましょうか、お嬢さん」

ささやきは、明らかにばかにしている。まさに、捕らえた鼠《ねずみ》をいたぶりながらもてあそぶ猫のようだ。

「さわ、んな……っ！」

「おや、いいんですか。せっかく親切に言ってあげたのに」

仁科は蓮の唇にふれた指先を自分の唇へ持っていき、赤い舌を覗かせてみせつけるように舐《な》めた。

　ぞくりとするほど色っぽい表情だった。

「では、お先に」

　蓮がきついまなざしをむけても余裕で受けとめる仁科は、楽しそうにのどの奥で笑って去っていった。


「あのサド！　変態っ！」

　自宅へ戻るとベッドへ突っ伏した。

　悔しくて悔しくて、力任せに枕をぶんぶんふりまわしたら、中の羽毛が飛び出て部屋に散らばってしまい、大変なことになった。それすらも仁科のせいだという気がしたらますます腹が立って、その夜は眠れなかった。

　キスがあんなにうまいだなんて反則だ。

　でも自分だって、さくらんぼの茎を結べる程度には舌先は器用なのだ。あれは不意打ちを食らって、最初にリードを明け渡してしまったのが敗因なのだ。きっとそうに違いない。

　次はこちらから積極的に攻めてやる。そしてあの生意気な男の腰を抜かせてやるのだ。

「くっそぉ」

これはもう、なにがなんでも落としてやるのだと、春口家長男のプライドにかけて誓い、週末明けの月曜日、ふたたび仁科の研究室へむかった。

「おっと」

研究室の扉へ手を伸ばしたら、それより先に扉が開き、目的の男が出てきた。テストでもしていたのか、濡れた髪をタオルで拭いている。

濡れて光る髪が首筋に貼りつき、水滴が流れ落ちるさまに風呂あがりのような色気があって、思わずどきりとする。

「おや、どうしました」

仁科は蓮をみとめるなり、人を小ばかにしたような薄笑いを浮かべた。

気に食わない男だ。その男に不覚にも胸を高鳴らせてしまった自分も腹立たしい。

「仁科。今日はひまか」

仁科くん、などとはもう呼ばないことにした。こんなやつは呼び捨てでじゅうぶんだ。

じっとりと睨みあげると、仁科は片眉を軽くあげた。

「懲りない人ですね」

「ひまかと訊《き》いている」

「また奢ってくださるんですか」

「ああ」

「しかたないですね。いいですよ。おつきあいしましょう」

奢られるというのに「しかたない」とは、なんて高飛車なのか。こんなやつに金をだしたくないが、これも落とすためだと、ぐっとこらえた。

「じゃあまた、ロビーで」

了承はすぐには得られず、思案するような間を置いて、仁科が口を開く。

「今日はいつ終わるかわからないので、連絡します。番号を教えてください」

仁科が白衣のポケットから携帯をとりだした。

「ああ……そうだな」

番号を交換することに異存はないのだが、なんとなく涼太に抜け駆けしているような居心地の悪い気分を抱いてしまった。それを言ったらキスした件はどうなのかという話だが、あれはただの嫌がらせで色っぽいものではない。

番号を登録しあって別れ、それから残りの時間はまじめに仕事をこなして終業時間を迎えた。

お互いにさほど遅くならず、けっきょく携帯は使わなかった。ロビーで落ちあってむかった先は先週とおなじ店である。高級店でもない居酒屋なのに個室が使えるので、口説くには便利だ。

「前回は掬《すく》いあげ豆腐にしたから、今日は枝豆入り豆腐にしましょうか。どうします？」

「……好きにすればいい」

「では枝豆入りで。擦り胡麻《ごま》入り豆腐も捨て難いが、これは次回にしましょう」

前回いっしょにきたときよりも楽しそうにメニューを選ぶ仁科とは対照的に、蓮は不機嫌を隠せないでいる。

ビールを運んできた店員に仁科が追加注文をするのを見届けてから、口を開く。

「次回もって。また俺とくるつもりなのか」

「先輩の誘いは断れませんからねえ。どう考えても、あなたが今夜俺を落とせるとは思えないですし、これで諦めるとも思えませんしね。またくることになりますよ。いまのうちに言っておきます、ごちそうさまです」

「おまえって……。ほんと、ややつだな」

「それは褒め言葉ですか？」

「全然褒めてないだろ」

仁科がニヤニヤと笑う。

「これから口説こうって相手に、そんなことを言うんですね。ツンデレ系に路線変更ですか？」

「は？」

「先日みたいのは今日はやらないんですか？　けっこういい線いってましたよ。かわいく見あげてきて、酔っちゃった、なんて言って」

「……っ」

蓮は顔を赤くして唇をかみ締めた。

後日こうしてからかわれると知っていたら、絶対あんなまねはしなかったのに。屈辱で握り締めたこぶしがわなわなと震える。

「このあいだよりもっとかわいい顔して、抱いてっておねだりできたら、抱いてあげてもいいですよ」

「だ、誰がそんなこと言うかっ」

「おや、せっかくチャンスをあげようと思ったのに、言わないんですか。じゃあ、今日はどういう戦法でくるのかな。楽しみですね」

「………」

戦法なんて、なかった。

自分から男を落とそうとしたことなどなかったから、この顔で落とせないとしたら、あとはどうすればいいのか見当もつかない。いろいろ考えてはみたが魂胆がばれている状況ではどうしようもなく、女の子のまねをしてみたところで、からかいのネタを提供するだけだということは目に見えている。

従って、今日はキスの雪辱戦をすることしか考えていない。

蓮もキスにはいささか自信があり、本気をだせば、仁科を腰砕けにさせることもできるはずだと思っていた。

どうやってキスに持ち込もうかとか、頭の中はそんなことばかりで、仁科の唇に自然と視線がいってしまう。口角の引き締まった、すっきりした唇。先週はあの唇とキスしたのだと、そのときの感触を思いだして眺めていると、ビールグラスを持った仁科に尋ねられた。

「口になにかついてますか」

「あ、いや」

きまり悪く目をそらすと、仁科の唇がにやりと笑った。

「ものほしそうに見つめてましたね。先週のキスを思いだしてましたか?」

「ものほしそうって、誰が……っ」

「してほしかったら、してあげてもいいですけど?」

思いだしていたのは事実だが、ものほしそうにした覚えはない。あくまでも余裕ぶる男をひと睨みし、蓮はいきおいに任せて腰をあげた。

「してほしいなんて、思ってない。今日は、俺がしてやる」

色気もへったくれもなく宣言し、仁科のとなりへにじり寄った。色っぽく迫ろうとしたところで、きっとからかわれるだけなのだ。ならば強引に押し倒して実力行使に出てやろうと思い立った。

その破れかぶれな蓮の宣言に、仁科がクッと笑う。

「おもしろい人だな。やっぱりしてほしかったんだ」

「違うって」

「でも、するんでしょう？」

「したいんじゃなくて、俺のテクニックをみせてやるだけだ。このあいだは不意打ちだったから」

「わかりましたよ。では、お手並み拝見しましょうか」

仁科はテーブルに片肘をついて、おもしろそうにこちらをむく。子供をあやすような物言いにムカつきながらも、蓮はその貴公子然とした顔に手を伸ばした。

固唾《かたず》を飲み込み、そろそろと顔を近づけていく。

男の瞳を見つめると、緊張と怒りと不安が入り混じったような表情をした自分の顔が映っていた。

それから形のよい唇のほうへ視線をさげて、そこに自分の唇を押し当てた。

相手の唇を舌先で舐めたりついばんだりして、角度を変えてなんどかキスをくり返してから、舌を仁科の唇のあいだへ差し込む。舌を絡め、自分の持てる技量をすべて注ぎ込む気迫で挑んでいると、ふいに頬をつつかれた。仁科の指だ。

意識がそれて、いったん唇が離れる。

「それじゃ、子供のお遊びですよ」

冷静な声が告げる。

「教えてあげます。キスは、こうやるんです」

言うなり、仁科のほうから仕掛けてきた。

彼の熱くぬめった舌が蓮の上顎をいやらしく舐め、舌の側面をくすぐり、官能を引きずりだすように絡めてくる。

前回以上に深く貪《むさぼ》るような愛撫を受けて、蓮はふたたび圧倒された。

「ふ……、ん」

ふすま越しの店内のざわめきが遠く、ふたりの唇から溢れる水音が室内に響く。自分の乱れた息遣いも淫猥《いんわい》さをもって耳に届き、それが刺激となって興奮を高めていく。

この男には負けたくないと思うのに、意志に反して身体は感じてしまった。耳のうしろの血管がドクドクいってうるさいほど脈拍が速まり、呼吸も乱れる。

悔しいことに、前回とまったくおなじように、否、それ以上に翻弄され、気持ちよくされていた。

濃厚すぎる。

こんなキスは、経験がない。

仁科の舌遣いは涙が出るほどいやらしくて、キスも立派な性行為なのだと思い知らされた。舌が甘く痺《しび》れ、セックスしているのだと勘違いしそうなほど身体が熱く火照《ほて》ってたまらなくなった。

「ん……は、あ……」

長いキスを終える頃には全身が柔らかく蕩《とろ》け、男の広い胸に縋りついていないと自力で支えられなくなっていた。

「キスだけで、めちゃくちゃ感じちゃったみたいですね」

「……っ」

からかいの言葉をかけられるが、頭がぼうっとして言い返せない。

「ゲイじゃなくてもキスはできるんですよ。身体を繋《つな》げることもね。次回、試してみましょうか」

「じょう、だん……」

「意地を張らなくてもいいですよ。本当は俺にしてほしいんでしょう？　わかってます。こんなにしつこく誘うほど、俺のことが好きなんですよね」

「ばっ……、んなわけあるか！　おまえみたいな根性悪、誰が……っ」

頭から蒸気を噴きだしそうなほど真っ赤になって声を荒げ、店の中であることを思いだして慌てて口を噤《つぐ》む。

そこへ、失礼しますと店員の声がふすまのむこうからかかり、仁科にもたれていた蓮は急いで離れようとしたのだが、足腰に力が入らずに畳に転がった。

ふすまを開けた若い店員が蓮を一瞥《いちべつ》するが、酔っ払いと判断したようで静かに料理を置いて出ていく。

「…………」

ふすまが閉まったとたん、くっくっと愉快そうに腹を抱える仁科の笑い声が部屋に響いた。

三

それから三日が経過したのだが、そのあいだ仁科とは連絡をとっていない。

どうにかしてギャフンと言わせたいが、いい案が浮かばないので行動に移せずにいるだけで、落とすのを諦めたわけではない。

どうにかしてやり込める方法はないだろうか。

女の子に頼んで引っかけてもらうというのでは、だめなのだ。男に引っかかってふられるという形でないと復讐《ふくしゅう》にならない。

自分で落としてやりたいのだが、うまくいきそうにない。魂胆を知られているせいでもあるのだが、もしかしたら美人系は仁科のタイプじゃないという面もあるかもしれない。といって涼太のようなかわいい系もタイプじゃないという。

ならば――、

「男前系？」

意外と抱かれたいタイプだったりして。

「……。それはないか」

想像して気持ちが悪くなった。

職場である。試験管片手に、仁科の好みの傾向と対策を考えていると、すこし離れた壁際で電子顕微鏡を覗いていた戸叶が顔をあげた。

「春口くん、なにがないって？」

「いえ、なんでもないです」

小声で呟いたのだが聞こえていたらしい。蓮はごまかすように笑って首をふった。

「それより、昼ご飯食べに行きませんか？」

「そんな時間か」

休憩の後半組に声をかけてから、戸叶と連れ立って八階の食堂へむかった。

メニューの選択肢は二つのみである。蓮はオムライスを選び、さわらのバジルソースがけのセットを選んだ戸叶のむかいにすわった。

戸叶は爽やかな雰囲気の、体育会系の男である。垂れ目なところが三枚目的で、美形と言うにはいま一歩なのだが、それも好みによっては愛嬌《あいきょう》として映るだろう。

「そういえば戸叶さんって、なにげに男前ですよね」

改めて戸叶の顔を正面から見てみて、思ったことをそのまま口にしたら、戸叶がスープを噴きだしそうになった。

「なに。いまごろ気づいたの」

笑いを含んだ目をむけてくる戸叶に、蓮も笑って返す。

「いえ。昔から知ってましたが」

戸叶とは入社以来のつきあいである。気があい、休みの日にはいっしょに出かけることもしばしばで、職場の仲間という立場を越えて親しくしている。後輩という立場上いちおう敬語を使っているが、気持ちは友だちのような感覚で、戸叶のほうもおなじように思っていることも知っている。

「そう。俺って『なにげに』いい男なんだよなあ。なにげなさすぎて誰も気づいてくれなくて、寂しいよ」

「元気出してください。俺は知ってますから」

「きみにそう言われてもな。自他ともに認める男前だっていうのに彼女ができないのは、春口くんとつるんでるから、比較されちゃうせいなんだろうなあ」

「人のせいにしないでくださいよ」

蓮は冗談ぽく答えたあと、じっとその男前の顔を見つめた。

仁科を落とす計画に協力してもらったらどうだろうという思惑がちらりと脳裏をよぎったのだが、まず無理だろう。しかし自分よりも戸叶のような男のほうが恋の手管を知っていそうで、相談してみるのも悪くないような気がしてきた。

「でもほんとのところは、戸叶さんって、もてますよね」

彼女ができないなどと嘆いてみせているが、爽やかなところが女子社員に人気があり、よく飲み会に誘われているのは知っている。

「なんだなんだ。おだててもなにも出ないぞ」

「ええ、なにも出ないことも知ってます。そうではなくて、率直な感想です」

「懐《ふところ》目当てじゃないとすると、あれ？　ひょっとしてばかにしてる？」

「とんでもない。俺は戸叶さんの男前ぶりを大海原にむかって叫びたいほど尊敬してますよ」

「やっぱりばかにしてるだろう」

おどける戸叶に蓮は軽く笑ってから、まじめな調子で尋ねた。

「素朴な疑問ですが、自分から口説くことってありますか？」

「そりゃもちろん。春口くんみたいに黙ってても女の子が寄ってくるわけじゃないからね」

「では、たとえば」

蓮は声をひそめた。両どなりの席は空いているし、食堂内は適度にざわついていて、通常の声音で話しても誰かに聞こえることはなさそうだが、話の内容的におのずと人の耳をはばかるようになる。

「難攻不落そうな相手の場合、どんなアプローチをします？」

「なんだ？　好きな子がいるとか？」

戸叶の垂れ目の瞳がきらりと輝いた。

「いいえ、逆です。大っきらいなやつがいるんです」

「へえ？」

「そいつをどうにかして落としてやりたいんですけど、うまくいかなくて。いい方法はありませんかね」

「そいつっていうことは……まさかと思うけど、相手は男？」

「ええまあ」

動機も目的も子供じみていて、大きな声で言える話ではない。きまりの悪い思いがしたが、隠してもしかたないので頷《うなず》いた。

「好きで落としたいわけじゃないですよ」

「そうだろうけど、なんでまた」

「弟をふったんです。その仕返しに」

「なるほど」

戸叶は蓮の家にしばしば遊びにくるので涼太とも面識があり、涼太がゲイだということを知っている。また蓮のブラコンぶりも熟知しているため、戸叶は納得というようになんども頷いて、ちぎったパンを口に運んだ。

「春口くんが本気だしても落とせない相手がいるかね」

「そいつ、ゲイじゃないんです」

蓮もオムライスを食べはじめた。仁科への屈辱を思いだして、鬱憤《うっぷん》を晴らすようにもりもり頬張る。

「そうかあ。でもさ、きみがいないところでたまに話題になるんだけど、春口くんのその綺麗な顔で笑いかけられたりじっと見つめられたりすると、どきっとするってやつ、けっこういるんだよな。ゲイじゃないふつうの男で」

「人のいないところでどんな話してるんですか戸叶さん……。そいつにも笑いかけたり見つめたりしましたよ。それでも反応なしでしたね」

自分の笑顔がノンケにも効果的なことは中学生の頃から知っている。それでもだめだったのだ。

「表にださなかっただけで、内心はわからないぞ」

「どうかな……いや、やっぱりあれは、だめですね。こちらの腹は読まれていますし。からかわれて遊ばれただけでした」

戸叶が思案顔で顎に手をあて、髭《ひげ》の剃《そ》り残しでもあるのか、肌を指でなぞる。

「おもしろそうだから力を貸してやりたいけど、俺も男を口説こうとしたことなんてないしな。女子相手だったら、頼りがいのありそうなところをさりげなく見せたりとか、まめにアピールするけど、男相手にそれをしてもなあ」

「ですよね」

蓮はスプーンを握り締めた手をテーブルに置き、ため息をついた。

酒の席での話題を戸叶に提供してしまっただけのようだと悩ましく視線を横に流したとき、話題の男が食堂に入ってきたのを見つけた。

噂をすればなんとやらである。王子さまきらきらオーラを放って、澄ました顔で歩いている。

「戸叶さん、あいつです」

蓮はすこし身を屈めて、小声でささやいた。

「あ、うちの社員なの？　どこ？」

「いま入ってきた背の高い若いやつ」

目配せして教えると、戸叶がへえ、と感心したように呟いた。

「驚いた。イケメンだな」

戸叶が視線を蓮に戻し、茶化すように笑う。

「わかった。ああいう華やかな顔のやつって、逆に地味系のほうが好きなんだよ。だから春口兄弟は彼のタイプじゃないってことで諦めたほうがいいかもな」

「そう言わず、知恵を貸してください」

仁科を目で追っていると、彼は戸叶とおなじ並びの席に腰かけた。人がまばらで姿はよく見えたが、こちらの声は届かない程度に遠く離れている。むこうは蓮がいることには気づいていない様子だったのだが、椅子を引いたタイミングに目があった。

「腹を読まれてるって言ったね。春口くんが落とそうとしていることを、彼は知っているわけだ」

話しかけられて、蓮は戸叶のほうへ顔を戻した。

「ええ」

「ということは、彼にとって、きみはすでに自分のものって認識ができてるかもな。だから、そうじゃないってところを見せると動くかもしれないぞ」

「というと」

「ほかの男と仲良くしてるところを見せるとか」

戸叶がフォークを置いて、人差し指を立てた。なにか主張したいときの彼の癖だ。

「独占欲か所有欲かなんか知らないけど、男ってそういうところがあるだろう。ほかのオスにとられそうになって初めて、相手の魅力に気づいてヤキモキしたり」

「なるほど」

「ということで、さっそく実践」

言いながら戸叶が指を伸ばしてきて、蓮の唇の端を拭った。

「なんて言って。ケチャップがついてるのが、じつはさっきから気になってたんだ」

　赤いソースのついた指先を、戸叶は笑いながら舐めた。意外な行動に蓮がびっくりしていると、戸叶は楽しそうに目を細める。

「どう？　彼、見てる？」

　蓮は視線を動かさずとも仁科が視界に入ってくるが、戸叶の位置からは、横をむかないと見えない。

「……見てますね」

「どんな顔してる？　嫉妬してそう？」

「そこまでわかりませんよ」

「じゃ、もういっちょ」

　戸叶はすっかりおもしろがっているらしい。立ちあがり、もういちど手を伸ばしてきた。今度は蓮のうなじに手をまわし、テーブル越しに上体を近づけてくる。

「ちょ、戸叶さん、なにを……」

「キスしちゃいそうな感じを演出。本当には、しないけど」

「ちょっと待ってくださいっ」

　これには蓮も焦り、近づいてくる男のひたいを手で押した。

「なに」

「これはやりすぎですって」

「そうかな。これぐらいいいんじゃない？」

「ありがたいですけど。場所がまずいでしょう。あいつだけじゃなく、ほかの社員の目も気にしてください」

食堂は最も混雑する時間ではないが、それなりに人がいるのだ。人が多くないからこそ戸叶の行動が目立っていて、周囲の好奇の視線が突き刺さって痛い。

「これ、ホモカップルがいちゃついてるように見えるだけじゃないですか？　変な噂がたちますって」

「む」

戸叶は三度の飯より女の子が大好きな男である。それはまずいと、腕を引っ込めてすわり直した。

「女子に避けられるようになったら困るな」

「はい」

「めずらしく春口くんが助けを求めてきたから、ひと肌脱いでやろうと思ったんだけどなあ」

冷汗をかきながら蓮は食事を再開した。

効果があっただろうかとちらりと仁科のほうを視界に入れてみたところ、むこうも食事をしていて、こちらには見むきもしていなかった。

興味はなくても多少は目にしただろう。あとでまたからかわれるだけかもしれないと思った。


その夕刻のこと。

「すみませんっ。ほんっとーに申しわけないです！」

深々と頭をさげるのは、基盤技術研究部の研究員である。

「NMR、手間なのわかってるんですが、再現実験をしておく必要が出てきてしまって。こんな時間に持ってきて、ほんとにすみませんっ」

NMRというのは分析機器の一種である。

明日が学会発表の資料提出締め切りで、朝までに結果がほしいという話なのだが、依頼で用いるNMRの担当は蓮だった。ちなみに終業時刻はとうに過ぎている。

やれやれと思うが、目の前の研究員も、なにも自分を困らせたくて遅くに依頼してきたわけではあるまい。通常ならば明日にまわすところだが、事情を聞くとそうもいかない。

「だいじょうぶですよ。わかりました。明日の朝にはだしておきます」

ぺこぺことなんども頭をさげながら帰っていく研究員を見送って、蓮がため息をつくと、居残っていた戸叶が苦笑して肩を叩く。

「ついてないな。どれくらいかかりそう？」

「どうでしょうね。とりあえず三十分とみてますが……こればかりはやってみないと」

「つきあってやりたいところだが、俺がいても意味ないだろうから、悪いけど先にあがらせてもらうな」

「ええ。おつかれさまです」

分析室内にひとり残った蓮はそれまでしていた仕事を片付けて、奥のＮＭＲ室へむかう。

分析員はたいがい定時に帰れるので、残業は久々だった。弟の食事は朝だけでなく夜も蓮が作っているのだが、この一週間で支度できなかったのは二回。これで三回目となりそうだ。

携帯をとりだし、冷蔵庫にあるものを適当に食べるようにメールを送ろうとして電話帳を開くと、仁科の名前が目に入った。

分析員とは異なり、研究員たちは残業が日常茶飯事のようで、徹夜で実験したとかいう話を時々耳にする。

あいつもまだ残ってるんだろうか……と、なんとなく思い巡らせた。

「……ふん。なにが泣かせたいタイプ、だ。おまえこそ泣かせてやる」

昼間の澄ました顔を思いだしただけでもムカムカしてきた。

いけ好かない男だ。磁石の同極を近づけると反発しあうように、顔を見ると反抗心が頭をもたげる。

どうやったら落とせるだろうかと頭の半分で考えながら涼太にメールを送信したあと、磁気の影響を避けるため財布と携帯を置いて部屋に入り、溶媒やサンプルの準備をする。次に装置を作動しようとした——のだが。

「ん？」

電源を入れても、うんともすんとも言わない。

「なんで？」

コンセントを確認しても、ちゃんと入っている。前回使用したときは特別変わったことをした覚えはなかったし、問題なかったはずだ。ただ、この装置の担当責任者は蓮だが、自分だけが使用しているわけでもなかった。

接続コードに異常がないか確認して再度電源を押してみるが、やはり動かなかった。

原因はわからないが、故障らしい。

困った。

業者に相談してみるかと、分析室のほうへ戻って電話をかけてみるが、そちらの会社も終業したようで繋がらない。まあ、電話口で相談されたところで相手も困るだろうし、出張も修理も明日以降という話になるだけだろうが。

依頼を持ってきた研究員のいる研究室へ内線をかけてみたが、こちらも繋がらない。

あの研究員は、明日の朝にはデータが届くものだと信じて疑っていないだろう。いちど請け負ったのに、締め切りを過ぎてからやっぱりできませんでしたとは、言えない。言いたくない。

「まいったな」

唸りながら受話器を見つめていると、だし抜けに、

「なにがまいったんです」

と、背後から聞き覚えのある声がした。誰もいないと思っていたから飛びあがるほど驚いてふりむくと、出入り口に仁科が立っていた。

「っ……、びっくりさせるなよ。なにか用か。依頼なら明日にしてくれ」

「明日の依頼サンプルを持ってきただけです。そこの資料室にむかうついでに廊下のボックスに入れておくつもりだったんですが、明かりがついていたので」

いちおう声をかけておこうと扉を開けたところで、蓮の呟きが聞こえたらしい。

「で、なにか問題が？」

「あー、機械が壊れたっぽい」

「と言うと」

「電源が入らないんだ。ぴくりとも動かない。予備なんてないから分析できないんだが、明

日までにやるって約束しちゃったんだよな」

「どれですか」

仁科が室内に入ってくる。蓮はとまどいながらも答えた。

「NMRだけど……」

「見せてください」

仁科はすたすたと室内を横切り、勝手に隣室へ入っていった。

「お、おい」

機械の前までくると、仁科も蓮とおなじように電源を押して作動しないことを確認し、床にすわりこんだ。

「ドライバーはありますか」

「は？」

「開けてみます」

蓮はぽかんとし、それから苦笑した。

「いやいや、それは無理だ。これ、なんだかわかってるか？」

「核磁気共鳴装置。俺も大学のとき使いましたから、危険なのも無茶言ってるのもわかってますよ。内部を見るだけです」

無知なわけでも冗談を言っているわけでもなく、仁科が本気なのを知って、蓮の頬が引きつった。

「……クエンチとか、知ってるか？」

「ええ。カバーを開けて、電気系統を見るだけです。わからないところはさわりません」

わからないところはさわらない。裏を返せば、わかればさわるということだ。

「……こういうの、得意なのか？」

「わりと」

控えめに言うわりに、見あげてくるまなざしはあいかわらず強い。

だが、じゃあまかせたとはとても言えない。半信半疑どころか猜疑《さいぎ》と不安で胸いっぱいである。仁科の自信ありげな態度とせっぱ詰まった状況に若干気持ちが揺らぎかけたが、管理者として許可はだせない。

「申し出はありがたいが、まかせることはできない。素人が中をいじるのは無理だ。おまえに自信があるとしても、もしものときに、責任を負えない」

「ではどうするんです」

「明日業者に頼む」

「明日でいいんですか。明日にまわせないから、まいってたんじゃないんですか」

「そうだが、しかたがないだろう」

見あげてくる仁科の目がすっと細まった。

「俺が直すと言っても、信用ならないですか」

「当たり前だ。長年のつきあいがあるならまだしも、まだ知りあったばかりで、俺はおまえの能力なんて、なにひとつ知らない」

「ひとつは知ってるでしょう。キスの技術は」

蓮は眉間を寄せて睨みつけた。

「茶化すな。とにかく、技術者以外の人間がさわるのは、いろんな面でトラブルの元になる」

助けようとしてくれるのは嬉しい。だが、リスクは負えない。

正論を諭せば、仁科が能面のような無表情で立ちあがった。

「わかりました」

淡々と出口へ歩いていく。そのまま帰るのだろうと思っていたら、NMR室を出たところで携帯を手にとり、電話をかけはじめた。

「――仁科だが。久しぶり。元気か。いまどこにいる」

プライベートの電話らしい。他部署の内部で、なんて非常識なことをする男だろう。気まぐれに見せた厚意を拒否された腹いせだろうか。

そんなことを思いながら耳に届く声を聞くともなしに聞きつつ、どうしようかと思案していると、世間話と思っていた仁科の電話の会話が意外な方向へむかっていることに気づいた。

「じつは会社のNMRが壊れたんだ。そう、あれって壊れやすいからな。で、困ったことに、そんなときにかぎって急遽《きゅうきょ》調べなきゃいけないものがあって……察しがいいな。そうなんだ、悪いんだが、こっそり使わせてもらえないか」

蓮は息をとめて仁科の端整な横顔を見つめた。

「頼む。このとおり。埋めあわせは必ず……、おまえね、弱みにつけ込むな。くっそ……、いいよ、わかった。約束する。だから頼む……助かる。ああ、いますぐむかう」

仁科は通話を終えると、肩越しに蓮へ目をむけた。

「分析、できますよ」

「おまえ、いったいどこに電話かけたんだ」

「大学の後輩です。大学の研究室で使ってるやつを知っているので」

「……。いいのか？」

「内緒ですけどね。さ。行きますよ」

しばし呆然としてしまった蓮だが、颯爽《さっそう》と歩きだした仁科に急《せ》きたてられて、慌ててあとを追った。

研究所を出て、行きかう人のあいだを縫うようにして駅へむかう。地下鉄に乗り込むと、乗客はまばらで空席が目立ったが、気が急いていて、すわる気になれない。

研究所から地下鉄で十五分。仁科の母校へ着くと、すぐに作業にとりかかれるように後輩が待機していた。

「どうぞ。教授はもう帰りましたから、ＯＫです」

「本当に、申しわけない」

緊張と興奮と好奇心の入り混じった様子の後輩は、大学から帰宅したばかりのところを仁科の電話で呼び戻されたらしい。なんとも恐縮する話であるが、おかげで作業のほうは滞りなく順調に進み、無事にデータをとることができた。

後輩が覗き込んでくる。

「できましたか」

「ん……」

イレギュラーの連続で浮ついていた気持ちが、データの最終チェックでは完全に仕事モードに切り替わった。そこの機械は会社で使っているものとは違うメーカー製で、操作手順も異なっていたため、一抹の不安もあった。周囲から意識を遮断し、いつもとは異なる空間であることも忘れて真剣な面持《おもも》ちでデータチェックに没頭する。

「だいじょうぶ……だな」

問題ないことを入念に確認し終えて、ほっとして顔をほころばせたところで視線を感じて顔をあげると、すこし離れた壁にもたれた仁科がじっとこちらを見ていた。

「ん？　なんだ？」

その目つきがなんだかいつもと違う気がして首をかしげると、仁科が視線をもぎ離すように顔を背けた。

「いえ。終わったなら帰りましょうか」

いつも自信満々なふうに力強く見つめてくるまなざしが、なぜかこちらを見ようとしない。

おや、と思いはしたものの、後輩に話しかけている仁科の横顔はいつもとおなじで、気のせいだったかと思い直した。

後輩にお礼を言って別れ、仁科とふたりで構内を出ると、木々と校舎の谷間から月が覗いていた。夜気をまとった涼やかな風に髪をふわりとそよがせながら、蓮はとなりを歩く仁科を見あげる。

「なあ……なんで助けてくれたんだ」

このプライドの高そうな男が、蓮のために後輩に頼みごとをしてくれたことが、いまだに信じられない。頼みごとをしたばかりでなく、付き添ってくれて、そしてたぶん、あとで後輩に借りを返すのだろう。

仁科にはなんの関係もなく得にもならないことなのに、ここまで骨を折ってくれるような男とは、思ってもみなかった。

「なんでって……」

仁科は意外なことを訊かれたように、わずかに口ごもった。

「俺が手を差しのべたらいけませんか」

「そうじゃないけど。いや、助かった。感謝している」

「べつに、あなたを助けようとしたわけじゃありませんよ。会社のためです。あなたが諦めたら、困る研究者が出てくるわけですし」

まるで動揺を隠すかのごとく咳払《せきばら》いしながらつけ加えられた言いわけは、言いわけ以外のなにものにも聞こえなくて、初めて歳相応の青年らしいところを垣間見た気がした。

いままで嫌なやつだとしか思っていなかったが、なんでもかんでも意地が悪いわけでもないらしいと、ちょっとだけ見直す気持ちが湧く。

「そうだな。でも俺も助かった。ありがとう」

「いえ」

蓮は自然に微笑《ほほえ》み、それから気になっていたことを思いだして、顔を曇らせた。

「後輩くんに埋めあわせするって話だけど、どうするつもりなんだ」

「それはあなたが気にする必要はないです」

「だけど。もし金銭が絡むことなら、俺、払うぞ」

「そうじゃないですから、だいじょうぶです」

「だが、困ることを言われたんじゃないのか？」

電話では、仁科にとって嫌な要求をされている雰囲気だった。蓮が作業をしている最中も、後輩とふたりでこそこそ打ち合わせていたようなのだが、そのときも苦々しい顔をしていた。

心配していると、品のよい顔が笑いをにじませながら首をふる。

「客寄せ用に、学祭にきてほしいと言われただけです。ちょっと顔をだすだけで済みますから、たいしたことじゃないです」

「本当にそれだけか？」

「ええ」

仁科は澄ました顔で頷く。

どうもそれだけとは思えなかったが、それ以上口を割りそうになかった。

「……先輩の頼みでゲイの合コンに参加したっていうのも、こんな感じの事情か？」

「似たようなものですかね」

いつもの仁科ならば恩着せがましいことを言いそうだが、先ほどから皮肉も嫌味も、からかいの言葉も返ってこない。迷惑をかけたと自覚しているいま、その手のことを言われたら深手を負いそうだから助かるが、なんだか調子が狂う。

その辺の心情を察して、言葉を選んでくれているのだろうか。

「今日はからかってこないんだな」

そう思って尋ねると、仁科が鼻を鳴らした。

「なんです。からかってほしいんですか」

「まさか。ふしぎに思っただけだ」

「いまのあなたは本気で落ち込んで、反応しなくなるんじゃないんですか。それじゃつまらない」

「つまらないって。俺はおまえのおもちゃじゃないぞ」

蓮が予想したとおり言葉を選んでくれているようだが、その理由がひどい。人の反応を見ておもしろがっているのだと、悪趣味なことを平気で口にするのだからやっぱり最低なやつだった。

「ところで」

仁科が前方を見ながら至極さりげない口調で言った。

「今日は昼間も会いましたね」

「ん？　ああ、食堂か？」

「いっしょにいたの、誰です？」

「おなじ分析の戸叶さんだけど？」

ふうん、と仁科はポーカーフェイスで呟く。

「いつもあんなことをやってるんですか」

「いつもってわけじゃないけど。彼とは仲がいいから、時どきふざけたりするな」

からかいのネタにされるかと身構えたが、攻撃の気配がない。これはもしや、戸叶の狙《ねら》い通り効果があったのだろうかとふと思い、蓮はにやりとして覗き込んだ。

「なんだ仁科くん。もしかして妬《や》いてるのかな？」

ついに仁科をからかえる日がきたと、嬉々《きき》として言ってみる。

だが仁科は揺るがなかった。

「ああいうことは一部の女子を喜ばせますが、それ以外には避けられるだけなので、やめたほうがいいんじゃないですか」

やきもちではなく冷静な忠告らしい。

それはそうかと蓮は肩をすくめた。自分だって男同士のおふざけを見ても、なにやってるんだと冷めた目で見るだけだ。

「いやまあ、うん。わかってるけどな」

「あの人以外の同僚とも、あんなことするんですか」

「歳が近い仲間とは、ふつうに冗談言いあったりとかするけど？」

「口を拭かせたり？」

蓮は苦笑をこぼした。

「見てたか」

「ああやって、さわらせ——……」

仁科の眉が寄り、なぜか急にそこで言葉が途切れた。

「なんだ？」

「いえ。なんでもないです」

仁科は口元を片手で覆い、蓮とは反対方向に顔を背けてしまった。一瞬、きまり悪そうな表情がかいま見えたが、暗くて気のせいかもしれなかった。

ほかにもなにか言いたいそぶりだったくせに、気になるとめかたをしないでほしいものだ。この男も歯切れの悪いそぶりをすることがあるのかと、意外なものを見る気分で髪に隠れた横顔を眺めた。

なんとなく、それまで知っていた仁科とはちょっと違う気がした。

もしかして、やっぱり戸叶の作戦の効果があったのだろうかとちらりと思ったりもして、少々気になったが思い直し、追求はしなかった。

秋の澄んだ夜空に浮かぶ月は地上のネオンに負けることなく輝き、アスファルトの道を照らす。

駅前までくると飲食店が立ち並んでいて、そういえば夕食がまだだったのだと気づき、思いだしたら急に空腹を覚えた。

「なにか食べて行くか。お礼におごる」

嫌なやつだが感謝の念は変わらない。前回のような安い居酒屋でなく奮発してやろうと思ったのだが、仁科は首をふった。

「ありがたいですが、また次回にしましょう」

「用事でもあるのか」

「そういうわけでもないですけど。せっかくとれたデータを紛失しないうちに会社へ運んだほうがいいでしょう。サンプルやデータを社外に持ちだしたのがばれたら問題ですから」

指摘のとおり、ばれたらなんらかの処罰が下されるだろう。データが無事にとれたことではずんでいた気持ちがいっきに背徳感に入れ替わり、俯《うつむ》いて足元を見おろした。

「そうだな」

「今夜のことは、誰にも話さないでくださいよ」

蓮は顔をあげ、ちらりと共犯者の横顔を見た。人には言えない秘密を共有したことで、奇妙な連帯感が胸に芽生えていた。

「わかった。関わらせて悪かったな」

「そそのかしたのは俺です」

仁科の口元に微笑が浮かんだ。

「さて、早く戻りましょう。また俺にキスされて腰砕けになりたい気持ちはわかりますけど」

月明かりを浴びながら、妖艶《ようえん》な流し目を送られた。先ほどの、いつもと違う雰囲気はどこへ行ったのか、すっかり普段の仁科である。

「ば……っ、誰がそんなこと思うか！」

せっかくすこし見直したというのに、やはり仁科は仁科だった。


翌日の昼、ひとりで食堂へ行くと、仁科とおなじ研究室の藤谷がひとりで食べていた。

「となり、いいか」

「おお」

焼き魚の定食を置いてとなりの席に腰かけると、藤谷が顔をあげた。

「なんだか最近よく見かけるなあ」

「そうか？」

「先週だったか。仁科くんを呼びだしにきたの」

「ああ」

訊きたそうな顔をむけられたので、蓮は味噌汁《みそしる》に口をつけてから頷いた。

「高校の後輩なんだ。弟と同級生で、知りあいでね」

知りあいだったのは弟だけだが、弟がふられたなんて詳しい事情までは話したくなかったので、どちらともとれる言い方をしておいた。

「へえ、そうだったんだ」

事情を知ると満足したようで、藤谷も箸を動かす。

「彼、いい子だよね」

「は？」

藤谷の評価に、蓮はうっかり顎をはずしそうになった。

耳がおかしくなったか、さもなくば藤谷は皮肉のつもりで言ったのかと、その熊のような顔をしげしげと見つめてみるが、彼は蓮の内心など気づかぬように言葉を続ける。

「いい子、は変か。いいやつと言えばいいかな」

「……どの辺が？」

「どの辺って、ふつうに。まじめで仕事熱心だし。昨日も会社に泊まったらしい」

蓮は目を見開いた。

「え……帰ってないのか……？」

「なんでも気になることがあったから、資料室で文献を読み漁《あさ》ってたら終電逃したとか言ってたかな」

「資料……」

そういえば昨日分析センターに立ち寄ったときに、資料室へ行こうとしたところだとちらりと言っていた気がする。

自分のことで頭がいっぱいですっかり失念していたが、仁科にもやることがあったのだ。ということは、あのあと会社に帰ってから資料室へ行ったのか。

まだ仕事が残っているだなんて、そんなこと、あの男はひと言も言わなかった。

「…………」

蓮は自分の手に目を落とした。

「ほんとにね、仕事熱心なんだよねえ」

「そうみたいだな……」

藤谷の言葉はお世辞ではなく、たぶん本当なのだろう。昨日、その片鱗《へんりん》は目にした。

仕事に一生懸命な男は好感が持てる。蓮の中でまたすこし、仁科のイメージが形を変えた。

「ああいうやつって世の中にほんとにいるんだなあとつくづく思うよ。見た目はいいし仕事できるし、性格もいいし、どこに欠点があるんだろうな」

物思いにふけりかけたところ、またもや藤谷が耳を疑うような発言をしたので顔をあげる。

「性格がいい？　あれが？」

「うん。いや、プライベートは知らないけどさ。グループの和を乱すようなまねはしないし、でも自分の意見は筋道たててちゃんと言うし、やることにそつがないし。評価は高いよ」

「……へえ。ずいぶん買ってるんだな」

「だって実際そうだからねえ」

やることにそつがないというのはなんとなくわかる気もするが、性格がいいというのには納得がいかない。しかし藤谷は本心から言っているようだ。

「俺にはひどい態度をとるぞ」

「それは知りあいで気心知れてるからでしょ」

「………」

初対面から暴言吐かれたのだが。

自分だけが、あの男のサドフィルターに引っかかってしまったのだろうか。

承服しかねる気分で食事を終え、午後の仕事もいつもどおりこなして帰路についた。

「ただいまあ。お腹《なか》すいたよお」

駅前のスーパーで買い物してから帰宅し、夕食の支度をしているところに弟が帰ってきた。

「お帰り」

「うわーい、カレーの匂い。今夜はカレーだあ」

「ああ。チキンカレーにした」

「廊下を歩いてるときから匂ってきてて、もしかしてうちかなあって思ったんだけど、当たりだったね」

子供のように無邪気に喜ぶ弟に、蓮の頬もゆるむ。ああ、癒《いや》されるなあ、とほっこりしながらサラダを作り、できあがったカレーとスープを盆に載せて食卓へ運んだ。

「ぼく、兄ちゃんの弟でよかったなあ」

むかいあって食べはじめると、涼太がしみじみとした口調でかわいいことを言う。

「なんだ、いきなり」

「だって兄ちゃんの作る料理、おいしいんだもん。ぼくだけが毎日これを食べられるって、贅沢《ぜいたく》だなあって思って」

「それを言ったら俺も、作ったものをちゃんとおいしいと言ってくれる弟がいてくれてよかったぞ」

「へへ。父ちゃんなんて、おいしくてもまずくても、なにも言わないもんね」

「ああいうのは、作りがいがない。美奈子さんがちょっとかわいそうだな」

涼太が頷き、それからちょっと首をかしげる。

「でも父ちゃんも、美奈子さんとふたりきりのときは、言ってあげてたりするのかな」

「あのハードボイルド気取った親父がか？　想像できないな」

「いやいや、兄ちゃん、そういう人に限って、ふたりきりのときはアマアマのデレデレになっちゃったりするんだよ。職場の仲間にマサっていうのがいてね――」

弟とたあいない会話をしながら食事をするこの時間が、一日のうちでなにより好きだ。家に帰れば愛《いと》しい弟がいると思えばこそ、毎日がんばれるというものである。

話題はいくつか移り、食事を終える頃になって、涼太がふと思いだしたように言った。

「そういえば、さっき話したマサっていうのが、先週ぼくを合コンに誘ってくれたんだけどね。そのときにぼくが仁科くんと話してたのを見て、マサも気に入っちゃったみたいで。あ、仁科くんって、その、覚えてるよね？」

急に仁科の名前が出て、蓮は手にしていたコップをとり落としそうになった。

「仁科？」

「うん」

「ああ……おまえをふったっていう男だったな」

いま思いだしたというように、ゆるく頷いた。

「うん。それで、同級生だったってマサに話したら、いろいろ訊かれるんだよね。会いたいってぼくに言われても、どうしようもないんだけど」

「……へえ」

「兄ちゃんは、会社で仁科くんと会う機会なんてないよね」

「……。さあ……研究員はたくさんいるから、会ってるのかもしれないし、会ってないかもしれないし……よくわからないな」

会うなと言われていたのに会いに行き、連絡先を交換し、二度もキスをした。仕返しのためとはいえうしろめたすぎて、本当のことは言えなかった。

間違っても涼太に携帯は見せられないな、と背中に汗が流れる心地である。

「そっかあ……かっこよかったなあ……」

夢見る乙女のようにうっとりした涼太の顔を見て、あんな男のどこがいいのかと蓮は顔をしかめる。

あんな男……たしかに見た目はすこぶるいい男だし、仕事はできるらしいし、自分以外の者には人当たりもいいらしいが……昨日は助けてもらって、ちょっとは見直したが……。

「どんないい男か知らないが、涼太のかわいさと比べたら、どんな男もかなわないと思うぞ」

まじめに言ったのだが、それを聞いた涼太はぷはっと吹きだした。

「そうか」

「やだなあ兄ちゃんってば。いや、うん。兄ちゃんのそういうところ好きだよ」

「あのかっこよさは、なんて表現すればいいのかなあ……兄ちゃんも、見たら好きになっちゃうかもよ」

「ばっ、まさか……っ」

思わず大きな声で否定しかけ、きょとんとした弟の顔を見て慌ててごまかすように笑ってみせた。

「ははは。男はパスだ」

「ふうん?」

挙動不審な蓮の態度に涼太はふしぎそうに首をかしげたが、すぐにまた空想の世界に入り込んだような顔に戻ってため息をついた。

「仁科くん……。ふられちゃったけど、また会いたいな……」

純情そうにちいさな声で呟く。

「ひどいこと言われたの、忘れたのか？　そいつ、性格悪いんだろう？」

「……でも、友だちとはふつうに喋《しゃべ》ってたし、根は悪い人じゃないんだと思うんだ。かっこいいから、きっとすごく言い寄られるんだと思う。しょっちゅう言い寄られてると、機嫌悪いときとか、冷たい態度とっちゃったりとか……兄ちゃんも、そういうことない？」

女の子に告白されたときは、つきあう気がなくても嬉しく思うし、泣かれたくないので丁寧に断る。だが、男に言い寄られたときのげんなり感は半端ない。その気はないと言っているのにしつこくされたりすると、イラッとしてきつい言葉を投げてしまうことはある。仁科も本当はゲイではないというから、気持ちはわからないでもなかった。

「まあ、な」

涼太は仁科のことを思い浮かべているのか、ぼんやりしている。

そんなに会いたいのだろうか。

ばかにされた仕返しに落としてやろうと思ったが、そんなことをしても、弟は喜びそうにないようだ。

あの男が涼太にふさわしいかどうかは置いておくとして、それほど会いたいと言うのなら、機会を設けてやるべきか……。

弟の喜ぶ顔を見ることを至福としている蓮である。今後の仁科への対応について、腕を組んで検討しはじめた。

四

「このあいだのお礼なんだけれど。もしよければ、うちに食べにこないか」

自室のベッドに腰かけ、携帯を握り締めてそう言うと、電波のむこうにいるはずの男が沈黙した。

「おい、聞こえてるか？」

『ええ』

「どうだろう。そのほうがくつろげるし、ゆっくり話せるかと思うんだが」

『あなたの家、ですか……？』

「そう」

『ご実家じゃなかったですよね』

「家は出て、マンション暮らししてるけど？」

仁科がまた黙る。

『まさか、あなたがなにか作ってくれるんですか』

「そのまさかだ。リクエストがあれば、いちおう聞くぞ」

『…………』

「なにを警戒してる。いちおう食べられるものをだすから安心しろ」

『警戒してるわけでなくて……』

表情が見えないのでよくわからないが、どうも、とまどっている様子である。

「なんだよ。それとも外食のほうがいいか？」

歯切れの悪い反応に不安になってべつの提案をすれば、やけにきっぱりとした返事が返ってきた。

『いいえ。お伺いします』

なにを考えているのか。よくわからない男だなと思う。

「そうか。いつならあいてる？」

都合のよい日を打ちあわせ、一週間後の日曜の昼間に約束をかわした。

通話を切ると蓮はベッドに寝転がり、当日のメニューはなににしようかと考えた。そういえば好きなものや苦手なものを訊くのを忘れた。あとで確認しておかないとと思いつつ、いったん起きあがって本棚から料理本をとりだし、ベッドに戻ってぺらぺらとページをめくる。

「土曜日に買い出しして……掃除もしとくか……」

自宅に人を呼ぶのはこれが初めてではない。友だちはもちろんのこと、戸叶もなんども招待し、手料理をふるまっている。

特別なことではないのに、気持ちがかすかに上ずるのを感じていたが、それはたぶん久しぶりの来客だからだろうと、蓮は自分の気持ちを片付けた。


当日は秋らしい爽《さわ》やかな風の吹く穏やかな陽気となり、近所の小学校では運動会を開催していて賑々《にぎにぎ》しい日だった。待ちあわせ場所の最寄り駅改札で待っていると、シャツにジーンズというラフな姿の仁科がやってきた。いつもはスーツか白衣姿しか目にしたことがなかったから、その新鮮さに自然と視線を惹《ひ》きつけられてしまう。

「お待たせしました」

仁科も蓮の姿を見おろすと、王子さまのような顔にからかいの笑みを浮かべた。

「あなたって、私服だと幼くなりますね」

「うそつけ。白シャツとチノパンだぞ。スーツの上着を脱いだ状況とそんなに変わらないだろ」

喋りながら歩きだすと、仁科もとなりについてくる。

「いや、ずいぶん違いますよ。五歳は若そうだ」

「五歳って、それじゃ学生じゃないか」

「大学生でじゅうぶん通用しますね」

「おまえより年下に見られるのは、なんだか屈辱だ」

軽口をたたきあいながら駅を出て住宅街を歩き、十分ほどでマンションへたどりついた。

友人でも身内でもない人間をここに招待するのは初めてのことで、またべつの理由もあって緊張しながら玄関を開ける。

「ちらかってるけど。どうぞ」

仁科を中へ通して居間へ案内すると、ソファにすわっていた涼太がバネ仕掛けの人形のようにぴょこんと立ちあがった。

「仁科くん、ようこそいらっしゃい！」

はにかむような笑顔を浮かべ、いつもよりもやや高めの声であいさつする弟はなんともかわいらしい。

仁科を連れてくることを、弟には事前に話しておいたのだ。

だが、仁科のほうには弟がいることは話していない。べつの理由というのはこのことである。

「弟とふたり暮らしなんだ」

ななめうしろにいる男の顔をちらりと窺うと、涼太を見て一瞬固まり、次いで蓮のほうへ不機嫌そうなまなざしを送ってきた。

「どういう魂胆かと思ってましたが、そういうことでしたか」

ぼそりと低音で呟く男に、蓮は澄まして首をかしげる。

「なんだ？　ひとり暮らしとは言ってなかったよな」

「そうですけどね」

「ま、支度ができるまでソファにでもすわっててくれ」

ひとりでキッチンへむかおうとすると、仁科がついてきた。

「なんだ」

「おみやげです。食事といっしょに飲むといいと思って」

ぶっきらぼうに手渡されたのはフランスワインである。

「気を遣わなくてよかったのに。つか、なに。昼間から飲むつもりだったのか？」

「そのつもりでしたけど、いけませんか？」

弟と引きあわせようという蓮の目論見がよほど不快だったのか、仁科はふてくされたような目つきで見おろしてくる。

「いけないとは言ってないだろ」

なにもそんな顔をしなくてもいいだろうと蓮は思いつつ、気づかぬふりでワインに目を落とした。

「えーと。ぼく、いないほうがよかったかな……」

そんな仁科の様子を見ていた涼太が遠慮がちに話しかけてくる。それに対して蓮が口を開くよりも早く、仁科がふり返った。

「いや。春口がいてくれて安心した」

たったいままで見せていた不機嫌そうな顔はどこへいったのか、貴公子然としたスマイルである。

「家に誘うだなんて、この人、もしかして俺を襲うつもりじゃないかとじつは疑っていたんだ」

「誰が襲うかっ」

とんでもないことを言われてぎょっとする。

「おまえ、電話で誘ったときにいやに警戒してたようだけど、まさか本気でそんなこと考えてたわけじゃないよな？」

「わりと本気でしたよ。なにしろあなたって、居酒屋のような公共の場所でもあんなことをしてくる人ですからね」

「ば……っ」

弟の前でなにを暴露するのだ。あんなことって？　と言いたげに首をかしげる涼太の目から隠すように仁科の腕を引っぱり、耳元へ顔を近づける。

「よけいなことは言うなよ」

小声で言って睨むと、見返してくる顔が意地悪そうに口の端を引きあげた。

「さて。俺にはあなたの言う『よけいなこと』がなにか判断できないので、そう言われても困りますね」

しばし睨みあっていると、横から涼太の声がかかった。

「兄ちゃん、最近知りあったばかりだって言ってたけど、ずいぶん仲がいいんだね……」

はっとして弟を見れば、疑わしそうなまなざしでこちらを見ている。

「いや、ほんとに知りあったばかりだぞ」

まだ知りあって2週間ほどなので、それはうそではない。

「そう。蓮さんと知りあったのは、つい最近」

仁科がフォローしてくれた——のはいいが、『蓮さん』とはなんだ。

「おい、なんだその呼び方」

「ふたりとも春口だから、どちらか変えたほうがわかりやすいでしょう」

それにしても、涼太ではなくどうして自分のほうを下の名前で呼ぶのか。そもそも名字で呼ばれたことすらあまりないのに。

「蓮さんとか呼ぶな。仁科のくせに気持ち悪いな」

「仁科のくせにって、なんです」

「サドのくせにってことだよ」

「意味がわかりませんね」

「おまえにわかってほしいとは思わないからいいんだ。ほらもう、邪魔だからむこうへ行ってくれ」

エプロンを手にしてキッチンへ入ると、さすがに仁科もおとなしく居間のほうへ行った。居間にはひとり掛けのソファがふたつあり、そこにすわるように涼太が勧めている。

メニューはチキン南蛮と舞茸《まいたけ》の炊き込みご飯を中心とし、そのほかに副菜をいくつか準備してある。甘酢が苦手な人もたまにいるが、事前に仁科に確認したら好きだと言うので、これにした。下準備は済んでいるので、あとひと手間加えればいいだけになっている。サラダを盛りつけながら居間の様子を窺うと、話をしているふたりは和やかな雰囲気である。

仁科がまた涼太を傷つけるようなことを言いやしまいかと、それだけが心配だったのだが、どうやらだいじょうぶそうだ。

わざとのんびり準備して、頃合を見計らって食卓へ運んだ。

「できたぞー」

声をかけるとふたりともやってきて、運ぶのを手伝ってくれた。せっかくなので仁科の持ってきたワインも開けて、乾杯する。

「口にあわなかったらすまん」

手料理を身内以外の人間に食べさせたことは、思えば初めてのことだった。いつも涼太がおいしいと言ってくれるから腕には自信があったが、幼い頃からこの味つけに慣らされた弟の味覚はあまりあてにはならないのかも知れない。まずかったら申しわけないと謙虚に言って仁科の反応を窺ったが、杞憂《きゆう》だったようだ。

「へえ。おいしいです」

手料理を口に運んだ仁科は軽く目を見開き、素直に評した。

「意外とお上手なんですね」

「意外とってなんだ、意外とって」

内心ほっとしつつも、つい突っかかってしまう。

「言葉のままですけど、なにか？」

「ったく、ひと言多いんだよ」

「それはお互いさまというものでしょう」

食事をしながらそんな感じで掛けあいをしていると、ついつい涼太をとり残しがちになっていた。自分ばかりが仁科と喋っていて、これでは意味がないと思った蓮は、ある程度食事を済ませると席を立った。

「んー。食事中に悪いけど、ビール買いに行ってくる」

「へ？　いまから？」

これには仁科だけでなく涼太も驚いていた。

「このワイン、だめでしたか」

「いや、それもおいしいけど、ビールが飲みたい気分になった。ちょっとそこのコンビニまでひとっ走りしてくる」

「ちょっと兄ちゃん……ビールって」

蓮は酒に強いほうではない。ビールも滅多に飲まない。そして買いに行くまでもなくストックが冷蔵庫にある。それを知っている涼太がとまどったような顔をした。しかし疑問をはっきり口にしないのは、兄の思惑を察したからだろう。

「すぐ戻るから」

困惑するふたりを置いて、蓮は財布をつかんで家を出た。

さすがに唐突だし、仁科にも失礼すぎるかとも思ったが、許してもらおう。

思いつきの行動で、あまり深くは考えていない。涼太に、すこしふたりで話をさせてやりたかっただけである。

それで仲良くなれて涼太が喜んでくれたら蓮も満足である。逆に仁科の性根の悪さに気づいて熱が冷めたら、それはそれでいいと思う。

最寄りのコンビニまでならば十分もあれば往復できるのだが、三十分ほど時間を潰《つぶ》した。

魂胆はどうせばれているのだ。急いで帰ることはないのだと、見合いの仲介役の気分でのんび帰宅した。

「ただいま」

居間へ入るとふたりとも食卓にいて、蓮が出かけたときから食事はほとんど進んでいないようだった。

仁科が無表情で見つめてくる。そのむかいにすわる涼太はいつもどおりほんわかとした笑顔で蓮を見あげた。

「お帰り～」

「悪かったな。もしかして俺が戻ってくるの待ってて食べなかったのか？」

「ううん。話に夢中になってただけだよ。ねえ仁科くん」

「ああ」

気のせいかもしれないが、蓮が出かける前と比べて、ふたりの雰囲気に微妙な変化が感じられた。

「おまえたちもビール飲むか？」

グラスをとりにキッチンへむかいながら尋ねると、ふたりとも首をふった。

「いいよ。このワインおいしいもん」

「仁科は」

「あまり飲みすぎると帰れなくなりますから」

蓮はグラスをひとつだけ持って食卓へ戻り、自分の分だけ手酌でビールを注いだ。ビールを買いに行ったのは言いわけで、本気で飲みたいわけでもなかったのだが、買いに行った手前飲まないわけにはいかない。

「あ、仁科くん、これも食べてみて。おいしいよ」

やはり仲良くなれたようで、涼太が煮物の小鉢を仁科に勧める。

「ああ、これは出汁《だし》の風味がうまいな」

「でしょ。あご出汁なんだって」

涼太はまるで自分で作ったかのように得意そうに説明するが、もちろん蓮の手製である。

「春口はいつもこんなの食べさせてもらっているのか」

「うん。羨《うらや》ましいでしょ」

「そうだな」

からかうでもなくごく自然に言われて、蓮はつい照れそうになってしまい、ごまかすようにビールに口をつけた。

「仁科くんはひとり暮らし？」

「ああ」

「自分で作ってるの？」

「麵類を茹《ゆ》でるぐらいはするけど、ほとんど外食で済ませてるな」

涼太と仁科の会話が続くのを、蓮は口を挟まずに聞いていた。

仁科が、蓮の作った料理を口に運ぶ。箸使いが綺麗だな、と思いながら蓮はぼんやりとそれを眺めた。

食事を終えると涼太と仁科が仲良く食器を片付けてくれて、それからしばらくして仁科は帰っていった。

「俺がいないあいだ、どうだった」

どうやらいい方向へむかったらしいことは、あえて訊かなくてもその後のふたりの様子でだいたい察せられたのだが、いちおう尋ねてみると、涼太はにっこりと微笑んだ。

「うん。アドレス教えてもらったよ。またそのうち連絡くれるって」

「へえ」

涼太はかわいいだけでなく、性格もいい。たとえノンケでその気がなくても、きらいになれるわけがないのだ。友だちにもなれないということは考えられなかった。

「よかったな」

蓮も弟へ笑みを返した。

「お願いします」

仕事中、仁科の声がして顔をあげた。助手に頼まずに自ら足を運んでサンプルを持ってきたようだ。依頼を終えたあともすぐに帰らず室内を見まわしていて、誰かを探している様子。自分を探しているのだろうかと思った蓮はちょうど手があいたところだったので、立ちあがった。

「お。王子さまがきたんだ」

戸叶にも仁科は王子さまふうに見えるらしい。こそっと蓮に告げてきた。

「もしかして、落とせたのか？」

「いいえ。まだです」

「でもあれ、春口くん探してるんじゃないか？」

「かも知れないですね」

「このあいだの食堂でのヤキモチ作戦が効いたかな。またやってみるか」

蓮は苦笑して辞退した。

「いや、それは……。やっぱり、弟との仲をとりもったほうがいいのかと考えたりもするんです」

「なんだ。つまらないな」

仁科がこちらを見ていた。蓮は足早にそちらへむかった。

「よ。昨日はお世話さま」

「ちょっといいですか」

やはり蓮に用があったようで、促されて部屋を出る。先を行く仁科のあとをついて行き、どこに行くのかと思っていたら、むかった先はおなじ階にある資料室だった。普段からさほど利用者はいないうえに、昼休憩間近で、室内には誰もいなかった。

ふたりで薄暗い室内へ入ると、仁科は電気もつけずに扉の内鍵をかけた。

「おい？」

「説明していただけませんか」

見おろしてくる顔にはあきらかな苛立《いらだ》ちが表れていた。

「昨日のあれはなんなんです」

仁科は顔の作りが端整なぶん迫力が増していて、気弱な者ならば怯んだかもしれない。昨日は結果的にお互いに楽しんだと思っていた蓮は一瞬驚いたものの、あとで嫌味を言われるかもしれないとも予期していたので、肩をすくめてしれっと答えた。

「なにって、先日のお礼に食事をご馳走《ちそう》するって言っただろ。なにを怒ってるんだ」

「……春口のことですよ。わかっているでしょう」

「弟がなんだっていうんだ。家で食べようと誘って、その家に家族がいただけだろ。べつに怒るようなことじゃない。それともなにか。おまえは上司の家に招かれて、奥さんや子供がいたら怒るのか」

軽く笑うと、壁際に立つ蓮の頭の両側に、いきなり仁科が手を伸ばし、背後の壁についた。蓮は壁と仁科の身体に囲われた格好である。

「そういう場合と、あなたの弟とでは、意味が違うでしょう」

仁科の鋭いまなざしが、息もふれあうほどの距離から威圧的な光を放って突き刺してくる。相手の予想以上に怒りにふれ、蓮は息を飲んだ。

「……あれで満足でしたか」

「なにが」

「しかたがないので、あなたが満足するようにふるまってあげたんですよ」

言われている意味に気づき、蓮は顔色を変えた。

「なんだよそれ……。アドレス交換するほど仲良くなったんじゃ……」

「ですから、しかたなくです」

あの場だけ仲良くしてやったのだと言いたいらしい。その言葉から推測すると、仁科は涼太に連絡をとるつもりはなさそうだった。

涼太はあんなに嬉しそうだったのに。

「あなたの顔を立てて紳士的にふるまったんですから、せめて報酬ぐらいはもらえますかね」

「え」

涼太のことを慮《おもんぱか》っていて対応が遅れた。ハッと気づいたときには顎をとられ、唇を重ねられていた。

「ん……っ、や、め……！」

社内でいきなりなにをするのかと反射的に抗《あらが》ったが、すばやく両手をひとまとめにつかまれて、身体を壁に押さえつけられた。

体格差もさることながら腕力の差も歴然としていてびくともしない。抵抗を封じられると、すぐさま舌を入れられて、口の中を犯された。その愛撫は過去にされたキスとは比べものにならないほど激しくて、蓮の身体は意志に反して甘い痺れに襲われた。

「ん……、う……」

敏感な粘膜を隅々までまさぐられて、身の内に快感が湧き起こる。うまく息継ぎできず、のどの奥まで送り込まれた男の唾液《だえき》を飲み込まされて、媚薬《びやく》を飲んだかのように身体が熱くなり、血液が駆けめぐる。

仁科のキスはセックスそのものだ。

こんな場所でと思うのに、気持ちよすぎて頭も身体も溶かされる。彼から香る甘い匂いもまるで催淫剤を練りこんであるかのようで、吸い込むと、めまいのような陶酔が訪れて瞳に涙がにじんだ。身体から力が抜けて縋りつけば、さらに深くくちづけられる。抵抗するどころか自ら舌を差しだして快感を求める頃には腰が疼いてたまらなくなった。

「蓮さん……」

くちづけをといた仁科の唇が耳元で熱っぽくささやく。その低い声に腰が熱くなった瞬間、ズボンの前立ての辺りを太腿でさすられた。

「おや。ここ、ずいぶん硬くなってますけど」

意地悪くささやかれ、耳が熱くなった。指摘されるまでもなく、最前からそこは硬く張りつめていて苦しいほどだった。

「ちょっと俺にキスされただけで、ここをこんなにしちゃうんですね。会社の中なのに、いやらしい人だな」

「……っ、おまえが……っ」

「なんです？　俺のキスがうまいのがいけない？　だから感じちゃった？」

「…………」

「あれ、それとももしかして、もう達《い》っちゃった？」

「まさか……っ……あっ……、……っ」

反論しかけたところを耳朶《みみたぶ》を舐められて、快感が背筋を突き抜ける。抗議の言葉の代わりに甘い声をあげてしまった。

「ここ、感じるんですか？」

声にからかいの色を含ませながら、仁科が耳を舐める。とがらせた舌先を耳の穴に差し込まれ、蓮は漏らしそうになる声を出さないように必死に歯を食いしばった。

「本当に、こうしてるだけで達っちゃいそうですね。ズボンを汚すと恥ずかしいですよ」

仁科の手が蓮のベルトに手をかける。

「や、やめ……」

震える手で抵抗するが、あっさりとベルトをはずされ、ズボンのジッパーもおろされてしまった。

男の大きな手に下着の上から中心をさわられる。

「下着、濡れてますよ」

「え……っ」

達きそうなくらい気持ちよかったがまだ達ってないのにと焦って見おろすと、たしかに先走りの染みが下着にできていた。

「キスだけで下着をぐしょぐしょに濡らすだなんて、いやらしいな」

「な……」

ぐしょぐしょと言われるほどじゃないと言い返したかったが、濡らしていることは事実であり、悔しいやら恥ずかしいやらで顔を真っ赤にして唇を噛んだ。

「あのままもうすこしキスを続けてたら、達ってましたね」

「ん、なこと、ない……っ」

そこをやわやわと揉《も》まれて、息が乱れた。

「このままじゃ辛《つら》いでしょう。達かせてあげましょうか」

色っぽい声が耳元でそそのかす。

「ここにはふれずにキスで達くのと、じかにさわってあげるのと、どっちがいい？」

「………」

ささやかれているあいだも耳や中心に刺激を加えられていて、理性の鈍った頭は一瞬どっちがいいか考えてしまったが、続けられた言葉で我に返った。

「ただし、達かせてほしければ、ご自分で下着をおろしてねだってください」

「じょ、冗談じゃない……っ」

「このままでいいんですか？」

「こ、ここは、会社だ……、っ、こんなこと……」

「では、下着を汚してください」

両手を壁に押さえつけられ、ふたたびキスをしかけられた。抗っても男のたくましい身体はびくともせず、好き放題口の中をもてあそばれる。

中心はさわられていない。しかしいまにも達けそうなほどに熱はたまっていて、仁科の言葉のとおり、キスだけで達ってしまいそうだった。

腰がじんじん痺れるほどに熱くてたまらない。キスだけで達かされるなんて屈辱だ。絶対後々までからかわれるのだから我慢しなくてはと思うのに、熱はどんどん膨れあがって抑えきれそうになくなった。

まずい。

下着の替えなんて置いてないのに。

「ん……っ、ん、ふ……っ」

もう限界だと思ったとき、ふいにキスが終わり、腕の拘束がとかれた。そして手を下肢のほうへと導かれる。

「もういちどチャンスをあげます。ご自分で脱いでみてください」

「……っ」

だめだと思うのに身体が言うことを聞かず、蓮は震える指先で下着をすこしだけ下げ、中から硬く育ったそれをとりだした。

「わかってますか？　ここは会社ですよ？」

仁科の瞳が意地悪く笑いながら覗き込んでくる。

自分だってこんなことをしたくてしているわけじゃないのに。羞恥《しゅうち》に泣きたくなるが、それ以上に欲望が溜《た》まり、どうにかしてほしかった。まなじりに涙をためながら唇を噛み締めると、見返してくる瞳がいっそう楽しげに笑った。そして、握っていた手を引き離され、

代わりに仁科の手に中心を握られた。

「や……、ん……っ」

「すごい、ぬるぬる」

先走りを茎のほうまで塗り広げられ、ぐちゅぐちゅと湿ったいやらしい音を立てながらしごかれる。自分の手とは違う圧力と感触に、荒い息がひっきりなしに唇から漏れた。

「は……っ……う、……っ」

もう、達く。そう思った刹那《せつな》、三度目のキスで唇を塞がれた。舌を絡められた瞬間、電流のように快感が走り、極みまで高まっていた欲望がはじける。

「――っ！」

放出したものは仁科の手のひらに受けとめられ、蓮は大きく胸を喘《あえ》がせながら、壁にもたれた。

仁科は見せつけるように手の汚れをティッシュで拭うと、サディスティックな笑みを浮かべて、蓮の頬をひと撫でした。

「俺の報酬ではなく、あなたへのご褒美になってしまいましたね」

「………」

「いつになったら、俺を満足させるキスができるようになるんですかね」

その見惚れるほど綺麗な笑顔を、蓮は黙って睨みつけることしかできなかった。

五

涼太《りょうた》の気持ちばかり思いやっていて、仁科《にしな》の気持ちについてはまったく考えていなかったことは、認めよう。

家族がいても問題なかろうと軽く考えていたが、もし自分が上司の自宅へ食事に招かれて、そのつもりで出かけたのに見合いをさせられたと想像してみたら、たしかにたまったものではないと思えた。それも、過去にふった覚えのある相手だったりしたら、なおさらだ。

仁科が怒ったのも、当然かもしれない。

しかし。

だからって、腹いせにあんなことをしなくても……。

「……くそ」

思いだすと、顔が熱くなった。

からかいの言葉の数々にも腹が立つが、なにより男に達《い》かされたという事実がかなりショックで、蓮《れん》の自尊心は深く傷ついていた。

キスだけで。

社内なのに。

あれから一週間、仁科とは顔をあわせていなかった。

ショックと混乱で気持ちの整理が追いつかず、落としてやろうとか、弟とくっつけてやろうとか、そういった思惑も停止している。

一日も早く忘れたい出来事だった。それなのに、ともすればこうして思いだしてしまうのは、苛立《いらだ》ちの矛先が仁科だけでなく自分にもむかっているからだろうか。

いけ好かない男にさわられて、揶揄《やゆ》されて、それでもあんなに感じてしまった自分が情けなくも悔しい。

なぜ自分がこんな思いをしなければならないのかと思うとそれはあのサド男のせいで、恨み辛《つら》みはけっきょく仁科に帰結する。そんなふうに思考はぐるぐる巡回し、深みに嵌《はま》る。

「キスがうまいのが悪いんだ」

だから自分は悪くない。そう正当化しようとした矢先、

「俺のことですか？」

背後からささやかれて、蓮は驚きのあまり椅子《いす》から飛びあがった。

そこは密閉されたＮＭＲ室であり、蓮以外の人間はいないはずだったのに、ふり返れば仁科が立っていた。

「ににに仁科っ？」

手にしていた薬品瓶をとり落としそうになりながら、幽霊でも目撃したかのような驚きぶりで突然現れた男の名前を呼べば、その相手にクッと笑われた。

「おまえ背後から声かけるのやめろよ。だいたい部外者がどうして勝手に入ってるんだ」

普段はほかの分析員もいる分析室に蓮もいるのだが、NMRの作業中だけはひとりでここへ籠《こも》る。担当者以外は滅多に入れない部屋である。

「あの人、戸叶《とかの》さんって言いましたっけ。彼が入れてくれましたよ」

「ったく。あ、携帯の電源切ってるよな。ピークが――」

分析中である。携帯の電波に磁場を乱されたらたまらないと注意したが、相手も心得ていて、こちらが言い終える前に頷《うなず》く。

「だいじょうぶですよ。機械、直ったんですか」

「いや。まだ修理にだしてる。これはそのあいだのピンチヒッターのリースくん。で、なにか用か」

貴公子のような顔を見あげ、眉《まゆ》を寄せた。独り言を聞かれた恥ずかしさから、気難しそうな表情を作ってみせたものの、頰《ほお》が赤くなるのはとめられなかった。

「サンプル依頼を提出に」

「最近おまえのところ、怒濤《どとう》のようにだしてきてるらしいな。他社製品の分析依頼」

「SB社のジメチコンの特許のひとつが今年で切れたので、その関係です」

「ふうん。で、俺への用事は？」

依頼だけならば助手に頼めばいい話である。わざわざ足を運んできたのだから話があるのだろうと、顎《あご》をしゃくって先を促した。

「最近ご無沙汰《ぶさた》なのでね。どうしたのかと様子を見にきたんです。もしかしてまだ泣いているのかなと思って」

「なんで俺が泣くんだよ」

「言ってほしいんですか？」

うっすらと微笑を浮かべながら、暗に先週の痴態を言われて　蓮は押し黙った。

「俺を落とすのは、どうしたんです。達かされたぐらいで、負けを認めたんですか」

仁科が近づいてくる。このあいだのことがあるから、またなにかされやしまいかと身構えてしまう。密室とはいえ資料室と違い、いつ誰が入ってくるかわからないのだからと警戒して睨《にら》みあげる。

そんな蓮の様子を見て仁科が笑う。

「だいじょうぶですよ。ここではしません。そんなに怖がらないで」

「べつに怖がってるわけじゃ……」

蓮はむきになって言い返そうとして、挑発に乗せられているのに気づいて口を閉ざした。

これでは仁科を喜ばせるだけだ。ひと息ついて肩の力を抜いた。

「あのさ、予告なく弟と会わせようとしたことは、悪かったよ。反省してる」

いったん言葉を区切り、首に手をあてながら見あげた。

「でもさ、ほんとに涼太のこと、だめか？」

仁科はあの場限りのつもりで携帯のアドレスを教えたのだろうが、涼太はたぶん、連絡がくると信じて待っているだろう。そんなけなげな弟が不憫《ふびん》で、未練がましく窺《うかが》えば、仁科の口角が呆《あき》れたようにさがった。

「くどいですね」

「だけど、俺とべろチューできるぐらいなんだし、おまえって、そっちの気あるんじゃないか？」

「そういうあなたは、俺のキスで達きましたけどね」

「……っ」

蓮は赤くなって椅子から立ちあがった。

「べつにあれは……っ、キスで達ったわけじゃない。下を刺激されたから……」

「そうでしょうか。また試してみますか？　でもまあ、どちらにしろ俺にされて達ったことには違いないですよね」

「…………」

仁科がすぐそばから見おろしてくる。

「あなたこそ、その気があると認めたらどうです」

口調はずっと変わらず揶揄するものだったのに、気がつけば、その瞳からからかいの色が消え、ぞくりとするほど真剣な顔をしていた。

「俺のこと、好きでしょう？」

男の甘い香りが、鼻をかすめる。

頰に手が伸びてくる。

瞬間的に、蓮の頭が沸騰した。

「っ、なわけないだろ！　俺は、男なんか好きじゃないっ」

叫ぶように激しい口調で否定し、男の手が頰にふれる直前に強く打ち払った。

いつになく強い拒絶に、仁科が虚を突かれたように目を見開く。

その反応を見た蓮も我に返ったとき、機械からアラームが鳴り、反射的にふり返って装置へ駆け寄る。

「用がないなら帰れよ」

うしろにいる男にむけて言い捨てて、仕事に戻った。

——急に、なにを熱くなってるんだ、俺……。

作業をしながら、ひたいを覆った。

必要以上に強い拒絶を示した自分の態度にうろたえている。

仁科はからかっているだけなのだから、こちらも軽く返せばいいのだ。それなのに、どうしてムキになってしまったのか。

あれではまるで、図星をさされたことに腹を立てたようである。

そんなわけはないのに。

そんなわけは、ないのだ。

直前の、仁科の真剣な表情が脳裏によぎる。仁科が急にあんな顔をしたからいけないのだ。だからパニックになってしまったのだ。

内心で言いわけしてみるが、真剣な顔をされたからって、なぜパニックに陥らなければならないんだと自分自身に混乱しつつ、手を動かしていると、ふと、背後の気配が動いたのを感じた。

「なんだ、まだ用か」

ふり返ってみると、仁科は壁にもたれて腕を組み、こちらを観察していた。

「ええ」

唐突に妙な態度をとってしまったから変に思われたかと思ったが、仁科はいつもの微笑を浮かべた。

この顔も、なにを考えているのかよくわからないものである。

「なんだよ」

「今度の日曜日、俺とデートしませんか？」

「は？」

「デートです」

たったいま、男は好きじゃないとシリアスな発言をしたばかりだというのに、どうしてそういう提案ができるのか。人の神経を逆なですることしか考えていないんじゃなかろうかと疑いたくなる。

「なんで俺がおまえと」

思いきり眉をひそめると、仁科が心持ち顎をあげ、高飛車そうに見おろした。

「俺を落とすチャンスですよ」

仁科はそう言ってから、口元に手を当てて失笑した。

「でもまあ、あなたレベルじゃ、ね。いくらチャンスがあってもどうしようもないかな……」

後半は小ばかにしたような流し目である。

「俺レベルって、なんだよ」

「失礼。お子様並みのあなたにチャンスをあげても、しょせん無理かと思いまして。一方的に達かされて泣くような人じゃ、暇つぶしにもならないかな」

「泣いてないって言ってるだろ」

「泣いてたでしょう。あれは、気持ちよすぎて涙が出ちゃったんですか？　それとも苛《いじ》められるのがよかった？」

「違うって」

たしかに追い立てられて涙がにじんだかもしれなかったが、認めたくない過去である。きつく睨んでから、無視して仕事に戻ろうとしたが、仁科の忍び笑いが耳に届いた。

「急に方針を変えて弟とつきあえなんて言いだしたのは、どうしてです」

「それはまあ……涼太はかわいいのに、おまえ、見る目ないから。強制するつもりはないけど」

「へえ？　本当は俺を落とす自信がなくなったからでしょう？　見ればわかりますよ。あなた、あまりもてそうにないですものね」

「はっ？」

もてそうにないだなんて、生まれてこのかたいちども言われたことがない。予想外の攻撃に蓮は二の句が告げなくなった。

「おや、図星ですか」

「………」

そんなことはない、俺はもてるぞと言うのもどうかと思って無言を貫いたが、これは大いに訂正を求めたかった。これまでの人生、もういい加減にしてくれと言いたいほどに言い寄られてきたのだ。その苦労を、似たような経験をしていそうな唯一の男に否定されるのは心外で、いっきに闘争心が燃えあがった。

もてないと、誰に言われようが構わないが、なぜか仁科にだけは言われたくない気がした。

「黙っているということは、そうなんですね。やっぱりもてないんだ」

「そんなことは、ない」

ブスっとして低い声で答えれば、仁科がさらに挑発するように憎たらしく笑みを深める。

「でも、俺を落とす自信がないいんでしょう？」

「あるさ」

「じゃあどうして弟に譲るなんて、体裁を取り繕おうとするんです」

「体裁とかじゃなくて、弟のことを思ってだな……」

「自信のない人は理由を思いつくのがうまいですね」

仁科が腰に手を当てて、偉そうに見おろしてきた。

「どうです、今度の日曜日。どうせひまでしょう？」

本当にムカつく男である。

挑発されているのはじゅうぶんわかっている。これまでも引っかかって泣きをみている。

しかしここまでばかにされて黙っているのは男の沽券《こけん》に関わると思えて、気づいたら答えていた。

「わかった。そんなに落としてほしいなら、落としてやる」

またもや釣られている。我ながらばかだと思うが、そんな自分をとめられなかった。


マンションの前の桜の葉はうっすらと黄色く色づきはじめていた。さらに上を見あげれば澄んだ空の彼方《かなた》にうろこ雲が薄く浮かんでいて、涼やかな風が流れている。

蓮は昨夜遅くまで悩んで決めた紺色のジャケットを見おろした。シルエット重視でこれにしたが、やはり生地の上質な、キャメル色のほうにしておくべきだったかといまさら再考しはじめる。

前回私服を披露したときに幼いと言われてしまったことを根に持っている蓮である。今日こそは年上の男の威厳と色気を見せつけてやるのだと意気込んでいるのだが、考えてみれば、どちらのジャケットを着たところでからかわれることは目に見えていた。

悩んでもしかたないと割り切り、駅へ足を運ぶ。

待ちあわせ場所は蓮の実家方面にある駅で、仁科の住まいがあるという荻窪ではない。

昼は過ぎており、食事をするには中途半端な時刻である。デートと言われたが、なにをするつもりなのか聞いていない。そのせいか、ひどく落ち着かない気持ちにさせられた。

——デート……。

あの男がそんな言い方を選んだのは挑発のためで、当然嫌がらせの一環なのだろう。けれどもいちおうデートというからには、それらしいことをするのだろうか。

どうも、そわそわしてしまう。

デートなどという言葉の響きがいけない。相手はかわいい女の子ではなく憎たらしい男で、会えば意地の悪い言葉を浴びせられるとわかっているのに、言葉のマジックが、楽しいイベントにむかわせているような錯覚に陥らせる。

電車を降りて改札を出ると、仁科が待っていた。今日もジーンズで、ブルゾンを無造作に羽織っている。なんということはない格好なのに、さまになっているのがむかつく。遠巻きに女子高生の集団がおり、声をかけたそうに露骨に秋波を送っていたが、気づいているのかどうか、仁科はいっこうに気にする様子はなく、まっすぐにこちらに視線を注いできた。

「待たせた」

前回と立場が逆だなとなんとなく思いながら声をかけると、仁科が顎に指を添えながら、眉をひそめて見おろしてきた。

「あなたって、電車通勤でしたよね」

「そうだが？」

「痴漢にあったり……するわけないか。見るからに気が強そうですものね」

なにが言いたいのか。蓮も眉をひそめて怪訝《けげん》な顔をすると、仁科は軽く笑って首をふった。

「なんでもないです。行きましょうか」

「どこに行くんだ」

「それはついてからのお楽しみです」

先に立って歩く男に連れられて、駅を出た。街路樹のハナミズキの葉は濃淡様々に紅葉し、陽《ひ》が当たっているところはきらきらと眩《まぶ》しいほどに輝いている。駅前の並木道をしばらく進んだところで、ゆるやかにカーブする細いわき道へ入った。

実家の最寄り駅ではないのだが、この辺りの地理は大まかに記憶している。閑静な住宅地であり、娯楽施設などはないはずで、いったいどこに連れていくつもりだろうと訝《いぶか》っていると、やがて一軒の住宅にたどり着いた。

赤茶色の素焼きの屋根の、ヨーロッパ調のかわいらしい一軒家で、建ってまもない雰囲気である。

「おい、ここは」

仁科が玄関チャイムを押す。

「俺の姉の家です」

「はい？」

蓮が男の横顔を見あげたのと同時に玄関が開き、ちいさなものがわっと飛びだしてきた。

「いらっしゃい、カイくんっ！」

仁科の脚にぶつかってきたのは四、五歳ぐらいの男の子だった。そのあとに、ひとまわりちいさな男の子がよたよたと歩いてきておなじように仁科にしがみつこうとし、ふと、となりにいる蓮をふしぎそうに見あげてきた。

「いらっしゃい。どうぞあがって」

玄関の中から女性の声がし、そちらへ目をむければ、ほがらかそうな女性が会釈してきた。

「姉です。姉さん、こちらは会社でお世話になっている春口《はるぐち》さん」

仁科の姉は、顔立ちはどことなく似ていて美人だが、弟のように意地悪そうなところは微《み》塵《じん》も見あたらない。紹介を受けると、ほんわかした顔が驚いたように蓮を見返した。

「まあ、それは。初めまして、姉の紗枝《さえ》と申します。いつも弟がお世話になっております」

膝《ひざ》をついて丁寧にあいさつされ、蓮も頭をさげる。

「こちらこそ、仁科くんにはお世話になっております」

「お友だちを連れてくるとは聞いておりましたけど、会社の方だなんて……いいんでしょうか。なんだか申しわけないです」

「は……」

「ともかくあがってください。散らかってますけど、どうぞ」

仁科はじゃれついてくる子供たちを雑に抱えて家の中へ入っていく。

「蓮さん、遠慮せずあがって。ああ、姉さん、お茶なんていいから。あとは適当にやってるから、早いところ行ってくるといい」

「そう……？　でも、なんだか悪いわ」

「俺ひとりのときは、悪いなんて言ったことないくせに」

「それはそうよ。弟だもの。あ、春口さん、どうぞあがってください」

面食らいながらも雰囲気に飲まれて玄関をあがり、居間へ通されると姉の夫がいて、ここでもおなじように紹介されて、わけがわからぬままにあいさつをかわす。

「お休みのところすみませんね。たまには映画でも観に行きたいと言われてしまって。普段子供たちの相手ばかりですから、妻も息抜きさせてやらないとと思いましてね」

「……そうですか……」

「あら、わたしひとりのせいにして。自分も観たいって言ったくせに」

そうこうしているうちに紗枝が鞄《かばん》を手にし、出かける支度を整える。

「ごめん。時間がないから行くわ」

「いってらっしゃーい」

子供たちがにこやかに手をふる。

「ありがと。じゃあ櫂《かい》、頼んだわよ。春口さんも本当に申しわけありませんけど、よろしくお願いします。海《うみ》、陸《りく》、いい子にしてるのよ」

「はあい」

姉夫婦は子供ふたりを置いて、慌しく出かけていった。

「さて。なにか飲みますか？」

そんなふたりを見送ってから、キッチンのほうへむかおうとする仁科の腕を蓮はつかんだ。

「……ちょっと待て。なんで俺まで子供のお守りをしなきゃならないんだ」

順序だった説明はいっさいなかったが、久々にデートをする姉夫婦に代わって、仁科が子供のお守りを引き受けたことは理解した。それはいい。しかしどうして自分まで。

「いいじゃないですか。ひまだったんでしょう？　ああ、そうか。俺とふたりっきりでデートしたかったんですよね。ご期待に沿えず申しわけない」

「だだ誰が！」

にやりと笑われて、蓮はつかんでいた仁科の腕をいきおいよく離した。

「夕方には帰ってくるはずなので、そんなに長い時間じゃありませんし、こいつらも慣れてるんで、駄々をこねたりはしないです。ただ、俺ひとりだと万が一なにかあった場合困るので、いっしょにみてもらえると助かるかなと思いまして」

「だったらはじめからそう言えよ」

デートだなんていって、子供のお守りの助っ人がほしかっただけのようだ。そういうことかと納得である。

――なんだ。

気が抜けて、ため息が出た。

デートじゃないのか……。

「――って、俺、なにを……」

ふと胸に浮かんだ感情にぎょっとして、蓮は思わず口を覆う。

「なにか言いました?」

「な、なんでもないっ」

ふりかえった男に、ぶんぶんと首をふった。

がっかりしている自分に気づき、蓮はひとりでうろたえた。

べつにこれは、そういうことじゃなくて……。ええと、だから……。

慌てて言いわけしようとするが、うまい理由が見つからず、ますます動転して顔が熱くなってしまう。と、そんな蓮を床から見あげる四つのまなこがあった。

「どうしたの?」

大きいほうの子供が訊《き》いてきた。

「おにいちゃん、だあれ? ぼく、リクっていうの。四つだよ。こっちはね、ウミっていうの」

陸はちいさな右手をあげて、指を四本だしてみせた。その横で、海が三本の指を蓮に見せる。

「あ……えーと。海くんと陸くんだね。俺は蓮っていいます。二十七歳です。どうぞよろしく……」

子供と関わったことなどない蓮である。どう接すればいいのかわからず、緊張してしまう。とりあえずぎこちない笑顔を浮かべつつ、しゃがんで目線をおなじくすると、両手の指で七を示してみた。

「レン、くん？」

「そう」

「カイくんとおともだちなの？」

「……えーと」

友だちではないのだけど、と言葉に詰まると、仁科の大きな手が陸の頭に乗る。

「そうだ。だから、陸も海も仲良くするんだぞ」

「うん。じゃあ、きょうはぼくたちといっしょにあそぶの？」

仁科を見あげた陸の顔が、ふたたび蓮に戻る。

無邪気な瞳で尋ねられてしまったら、その気はないと拒否することはできなかった。

「……うん。いっしょに遊ぼう」

頷くと、いきなり兄弟にのしかかられた。

「うわーい、あそぼう」

「あそぼっ」

「ちょ……っ」

下手《へた》にさわったら潰《つぶ》してしまいそうだと思って手をだせず、逆に自分が潰されかかっていると、仁科がぞんざいにふたりを引き剝《は》がした。

「おまえ、そんな乱暴な」

「だいじょうぶですよ、これぐらい」

加減のわからぬ蓮の目には荒っぽく映ったが、子供たちも仁科の両脇に抱えられて楽しそうにはしゃいでいる。

「慣れてるんだな」

「甥《おい》っ子ですからね」

「あのね。ママがでかけるときは、いつもカイくんがあそびにきてくれるんだよっ」

陸が嬉しそうに目を輝かせて、蓮に自慢する。母親の不在よりも歓迎されているとは、かなり懐かれているらしい。

「陸。蓮さんはきたばかりだろ。遊ぶ前に、ジュースぐらいだしたほうがいいと思わないか」

「うん。だしてあげてもいいとおもう」

「なにがいいかな」

仁科はふたりを抱えたままキッチンにむかう。常の高慢な態度からはとても想像できない、優しいお兄さんっぷりである。

「えっとねー。そうだ！」

床におろされると、陸がひらめいたように叫んだ。

「レンくんは、レンだから、レンコンだーっ」

兄弟はおおはしゃぎで飛び跳ねて、くるくるまわりながら蓮の元へ駆け戻ってくる。

「レンくんレンコン、レンくんレンコン」

なんだこのノリ、と思いつつも、蓮もしかたなく踊りの輪の中に加わる。そんな蓮の姿を見て、仁科が吹きだしているのが忌々《いまいま》しいが、もうヤケクソだと開き直って踊ってやった。

「残念ながらレンコンジュースは置いてなかったので、お茶でいいですか」

「ありがとう」

予想外の展開の連続で、のどが渇いていた。レンコンの舞を中断し、仁科が淹《い》れてくれたお茶をいただく。

子供たちもりんごジュースを飲み、それから四人で本格的に遊んだ。キャラクターのおもちゃやレゴブロックで遊んだり、クッションを投げてみたりと、最初は照れのあった蓮も徐々に慣れてきて、童心に帰って子供の相手をする。

「海、ほら、行くぞ」

子供たちの笑い声に、仁科の笑い声も混じる。子供といっしょになって無邪気に笑う男の表情に、なぜかどきりと胸が騒いだ。

なんか、かわいい……。

ふと浮かんだ感想に、蓮はぎょっとした。

こんな憎たらしい男にむかって、かわいいとはなにごとだ。

そうではない。普段意地悪そうな顔ばかり見ているせいで、こんな顔もするのかとギャップに驚いただけだ。ただそれだけだ。

あたふたと自分の心に言いわけし、ふいに襲った胸の高鳴りについては、なかったことにする。

「カイくーん。おなかすいたー」

「すいたー」

遊びはじめて二時間もすると、元気いっぱい動いていた兄弟が雛《ひな》のように口々に訴えた。

「待ってろ」

仁科がキッチンへむかい、冷蔵庫を開ける。居間とキッチンはオープンな作りなので、蓮がいるところからもそのうしろ姿が見えた。

「あれ。姉さん、準備忘れたな」

「どうした」

「おやつがない」

膝に乗せていた海をおろし、蓮もそちらへむかう。

「アレルギーとか、食べられないものとかあるのか？」

「いや。ふたりともだいじょうぶですけど」

「問題なければ、俺、なにか作るけど？」

兄弟がことのなりゆきを心配そうに見守る中、蓮は冷蔵庫の食材を確認する。

「ホットケーキでいいかな。勝手に食べさせても平気か？　卵や小麦のアレルギーがある子供、最近多いみたいだけど」

「うちの家族は食べものも花粉もハウスダストも、アレルギーにはひとつも縁がないですね。ホットケーキはふたりも俺も大好きですよ」

「俺もって、おまえも食べるつもりか？」

「あれ？　作ってくれないんですか」

子供ふたりぶんは大人一人前で足りるだろうかと卵を一個とりだした蓮だったが、そう言われてはと、もう一個だした。

「意外だな。女子供の食べ物とばかにしそうだ」

「食べ物に偏見はありません。甘いものはきらいじゃないですね」

甘党な涼太のお陰でお菓子のレパートリーも多い蓮だが、手間のかかるものよりも、とにかく早くお腹《なか》を満たしてやるほうがよかろうと、手早くホットケーキを焼きあげて食卓へ並べた。

兄弟のと、ついでに仁科のぶんも作ってやって、みんなで席につく。

いただきますと合唱して食べはじめた兄弟が、顔を輝かせて夢中で食べてくれる様子に蓮も顔をほころばせた。

「ほら、海。こぼすなよ」

相手は子供だというのに仁科はなかなかしつけに厳しく、行儀よく食べるように指導している。微笑《ほほえ》ましく眺めていると、自分でもホットケーキを口にした仁科が感心したような顔をむけてきた。

「本当に、得意なんですね」

「ホットケーキだぞ。こんなの誰でもできるだろ」

「分量もわからないのに、俺はできないですよ。しかも即席で。先日も驚きましたけど、よく作るんですか」

「料理は毎日してる。得意とか好きとかじゃなくて、弟にアレルギーがあるから、あまり外食させたくないっていうのがあって。もう習慣化してるな。って、言ったことなかったか」

「アレルギーか。だから気にしてたんですか……しかし春口ももう」

「もう大人なのにとか、そういう話は聞き飽きてるからな」

仁科が呆《あき》れたように嘆息した。

「俺も姉がいますから、兄弟愛については理解できる部分もありますけど……。本当に、うんざりするほどブラコンですよね」

「否定はしないけどな。——アレルギーって怖いぞ」

蓮は子供たちを眺めながら、なにげなく言った。

「俺さ、弟を死なせかけたことがあるんだよな」

唐突にぶっそうな思い出話をはじめた蓮を、仁科が真顔で見返した。

「うち、ちいさい頃に両親が離婚して、父子家庭でさ。俺が弟の面倒を見てたんだけど、小学生のとき、ちゃんと食べないと大きくなれないぞなんて偉そうに説教して、弟に蕎麦《そば》アレルギーがあるって知らずに無理やり食べさせたことがあってさ。大げさじゃなく、死なせるところだった」

「……だいじょうぶだったんですか」

「救急車を呼ぶ知恵があったから、助かった」

無知な子供だったからアナフィラキシーショックなんてものは知らなかったし、父は不在で、突然呼吸困難で苦しみだした弟を目の前にしてたったひとり。あのときの恐怖といったらなかった。

「けっこうなトラウマなんだよ。負い目もある。甘やかしてる自覚は、いちおうあるんだけどな」

その後は食事に気をつけたが、まだ料理もできなかった頃は、お腹がすいたと泣く弟に食パンをそのまま与えることしかできなかった。

早く大きくなって父ちゃんと兄ちゃんを助けたいと言う弟に、大きくなりたかったら牛乳を飲めとたくさん飲ませて、下痢させた記憶もある。

そんなわけで少年期の栄養不足がたたり、涼太の身長は一六三センチで成長がとまった。蓮のほうはかろうじて一七〇まで伸びたが、兄弟揃《そろ》って骨が細く華奢《きゃしゃ》に育ってしまった。当時の自分に栄養学の知識があればと悔やまれてならないが、涼太は小柄なことを気にしていないようなのがせめてもの救いか。

「なるほど、そういう事情でしたか」

仁科が珍しく神妙な顔をした。

「ん。まあ、アレルギーがなかったとしても、俺は涼太を溺愛《できあい》してただろうけどな」

見つめてくる瞳のまじめさに照れて茶化してみたら、仁科が静かに苦笑した。

「あいつ、どうも無用心でな。外食だとさ、うどんならだいじょうぶと思っても、蕎麦とおなじ鍋で湯がかれてたりしたらアウトなんだ。それに——」

蕎麦アレルギーがいかにやっかいなものであるかを力説しているうちに、子供たちはおやつを食べ終えていた。お腹いっぱいになって眠くなったようで、こくりこくりと舟をこぎはじめたので、二階の子供部屋へ連れていく。

「本格的に寝ると夜寝なくなるから、ちょっとだけな」

畳の部屋に布団を敷き、子供たちを寝かせると、

「カイくんとレンくんもー」

とせがまれて、いっしょに横になる。蓮は兄弟のとなりに横になり、仁科は三人の頭のほうに寝転がった。

兄弟は横になるなり寝息をたてはじめた。蓮も慣れない子供相手で疲れたため、眠気に襲われ、人の家だというのにうとうとしかけたのだが、髪をさわられる感触を感じてまぶたを開けた。

「…………?」

見れば、仁科の顔が目の前にあった。

「蓮さん、シャンプー変えた?」

髪に顔を埋《うず》められ、心臓が跳ねあがる。

「今日、ずっと気になってたんですけど、この匂いって……」

「あ……」

ふいをつかれて、蓮は顔を赤らめた。

たしかに、シャンプーを変えたのだ。

それまで使っていたものが切れたので、新しいものにしたのだが、それは仁科が手がけたシリーズだった。

「これで俺の気を引こうと思ったんですか？　かわいいな」

「そ……っ」

声を荒げそうになったが、寝ている子供たちに気がいって、いちど言葉を飲み込んでから、改めてひそめた声をだす。

「そうじゃなくて……純粋に、髪によさそうだと思ったから。この香り、好きだし……」

それはうそではない。だが、仁科が作ったと知ったから興味を持ったということのほうが、大きな理由ではあった。

言いわけをしてもどうせ内心はばれているのだろうと思うとなんだか恥ずかしくなってきて、蓮はまばたきもせず睨んで言葉をひるがえした。

「……そうだよ。落としてやろうと思ってシャンプーも変えて意気込んできたのに、子守ってなんだよ」

開き直って文句を言ってやった。

仁科は目を丸くし、それから声を殺して笑った。

「それは失礼……本当におもしろい人だな、あなたは」

「なにがおもしろいんだか」

話しているあいだも、仁科の手は蓮のやわらかな髪を撫《な》で続けている。

「それほど熱望されているのなら、キスぐらいしてあげたいところなんですけど」

「ばか。子供がいる」

「ええ。お互い動けませんしね」

視線で示されて、見れば、海の手は蓮の、陸の手は仁科の服をつかんでいた。


姉夫婦は仁科の予告どおり、夕方帰ってきた。夕食を食べていくように勧められたが遠慮して帰宅の準備をはじめると、仁科がトイレに行き、その隙《すき》をつくように姉が近づいてきて、こっそり訊かれた。

「春口さん、もしかして、弟になにも告げられずにここへきたんじゃありません……？」

「ええ、まあ」

苦笑いしながら正直に答えると、姉はやっぱり、と口元に手をやった。

「お会いしたときは私もバタバタしていたので……あとになって考えてみたら、ぎこちない感じがしたので、もしかしたらと思ったのですけれど……本当に申しわけないです。あの子ったら」

「いえ。こちらも思いがけず楽しかったですから」

「櫂は昔からそういうところがあって――」

「姉さん、なに話してるんだ」

思いのほか早く戻ってきた仁科が、聞きとがめてやってきた。

「あなたが、好きな子をいじめたり、驚かしたりする子だって話してたのよ。悪気はないから許してくださいって言おうと思って」

仁科が頬を引きつらせた。

「小学生じゃあるまいし、いつの話してるんだよ」

「あら。いまだってそういうところあるんじゃないの？」

「あるわけないだろ。蓮さん、行きましょう」

もうすこし詳しく聞きたい気もしたが、腕を引かれて強引に玄関へ連れ去られてしまった。

「またきてね！」

靴を履いていると陸海兄弟が駆け寄って抱きついてきた。

「ああ。わかった」

「きっとだよ！　やくそくだからね！」

「カイくん、またレンくんつれてきてねっ」

子供の扱いは慣れていなかったのに、なぜか懐かれてしまったようで、離してもらうのにひと苦労してしまった。

玄関を出ても見送ってくれる子供たちになんどもなんどもふり返って手をふり、ようやく見えなくなったところで前をむくと、となりを歩いていた仁科がおもしろそうにくすくす笑いだした。

「またきてくれるんですか？」

「子供はすぐに忘れるんじゃないか？」

「まさか。けっこういつまでも覚えてますよ」

「……まあ……また機会があれば」

「わかりました」

空に広がるうろこ雲は西のほうから赤々と染まっていた。静かに燃えるような夕日に照らされて人けのない道を歩いていると、ふいに、手を引かれた。

「お、い……」

見あげると、夕焼けに照らされた横顔は澄ました顔をしている。

「デートと言って誘ったのに、それらしいことをしませんでしたからね。ご期待に沿えなかったせめてものお詫《わ》びです」

「なに言ってる。まるで俺がデートしたかったみたいな言い方をするな」

憤りながらも、手をふり払おうとは思わなかった。大きな手のひらに包まれる感触に、心臓が、とくりと震えた。

見れば、仁科の口角がわずかにあがっている。微笑のようにも見えるそれはいつもの意地悪そうな笑みではなく、ごく自然な表情だった。

よくわからない男だと思った。今日は様々な顔を見たが、次に会うときには、またべつの顔を見せてくれるのだろうか。

どこからともなく花の香りが漂ってくる。ざわめく胸を抱えながら、駅につくまでそうして歩いた。

六

しばらく仁科を見ていなかった。

おなじ会社とはいえ、どちらかが意識して会いに行かないことには、そうそう会うことはないのである。出勤しているかさえわからない。

彼の姉の家に行ってから一週間は過ぎていて、その後連絡もない。どうしているだろうかと気になった。

顔をあわせればむかつくのに、会えないと気になってしかたがなかった。

とはいえ用もないのに会いに行ったら、会いたかったのかとからかわれそうだし、仕事の邪魔をしたくもないので足を運べない。

その日は故障したNMRが修理から戻ってきて、その説明を業者から受けたり、ついでに新商品の紹介を聞いたりして仕事を終えるのが遅くなったのだが、帰り際、分析結果の伝票を所定の棚に入れようとして、手をとめた。

仁科の研究グループの依頼のものがあった。

急ぎの依頼ではないので、結果を届けるのは翌日にまわしても問題ないものだったのだが、蓮は数秒その伝票を見つめたのち、ほかのものは棚にしまい、仁科のところのだけ手にして分析センターを出た。

「……ついでだし、な」

蓮はいそいそと階段をあがり、五階の仁科の研究室へむかった。

そっと扉を開けて中の様子を窺うと、電気はついているのに人の姿はなかった。仁科ももう帰ってしまったのだろうかとちょっと肩透かしを食らった気分で、伝票を置いていこうと足を踏み入れる。

すると、隅のほうの作業台にうつ伏せている白衣の男がいた。

仁科である。

どうやらうたた寝しているらしい。

「おい。にし……」

夜は涼しくなっており、こんなところでうたた寝していたら風邪を引きかねない。起こしてやろうと思って名を呼びかけたが、気が変わって口を閉ざした。

きっと疲れているのだろうと思うと、起こすのは忍びない気がした。

蓮は入り口の壁にあるエアコンのリモコンで温度を調節すると、足音を忍ばせて、そろりと近づいてみた。すぐ真横まで近づいても静かに寝息をたてている仁科が起きる気配はなく、腕を枕にして眠っている横顔をしげしげと観察する。

呼吸とともにわずかに揺れる長いまつげ。高い鼻梁《びりょう》に清潔そうな口元。黙っていれば、本当にいい男だなとつくづく思う。作り物めいた容姿は完璧すぎて人形のようでもあり、生きているのか確認してみたい気分に囚《とら》われる。それと同時に、普段憎たらしい態度をとる男が無防備に眠っている様子に、無邪気なかわいさを感じた。

蓮は身体《からだ》の脇におろしている両手を、意識してぎゅっと握り締めた。朝、涼太の頬をつついて起こしているように、仁科の頬にもふれたい衝動に駆られてしまい、うずうずしたためだ。

眺めていると、仁科の艶《つや》やかな黒髪がさらりとひたいに落ちて端整な顔を隠した。さわりたくなるほど綺麗《きれい》な、さらさらの髪。エアコンの風で、かすかに揺れる。

——すこしだけなら、起きないだろうか。

自制していたのに抑え切れなくなって、蓮は手を伸ばしてその髪にふれた。想像していた通り、手ざわりのいい髪質。

仁科の髪にふれてみたいという感情は、思えば初めて居酒屋に誘ったときから抱《いだ》いていた感情だった。ふれるだけでは物足りず、そっと撫でてみる——と、その瞬間、仁科のまぶたが開いた。

「！」

とっさに手を引っ込めたが、身を離すよりも早く、すばやく腕をつかまれる。

「蓮さん……？」

うつぶせた体勢のまま、仁科の瞳が見あげてくる。

「なんです、いまの」

「ななにって、いや、その……虫が……そう、虫がとまってたから、払ってやっただけだ」

「ふうん？」

「俺は、ただ、伝票を持ってきただけで……」

言いわけしているうちに顔が熱くなってしまい、これ以上いると墓穴を掘りそうで、つかまれた腕をふりきった。いつもの仁科ならば逃がしたりはしないだろうし、ただ伝票を持ってきただけならどうして人の頭を撫でているんだとかすぐさま突っ込みが入りそうなものだが、寝起きのせいか反応が鈍いようで助かった。

「じゃ、じゃあな」

「あ、待って」

仁科は起きあがると、作業台の上に雑多においてある広口瓶のなかから百ミリ容器ふたつをとりあげた。

「これ、どうぞ」

「え……」

素っ気《そけ》なく差しだされて、思わず受けとった。

「試しに使ってみてください」

容器の中にはシャンプーらしき、どろりとした液状のものが入っている。

「髪質、気にしていたでしょう。アクアシリーズより、これのほうが蓮さんの髪にはあうと思うんです」

「試作品？」

「いえ、市販されているものなんですけどね。香料だけ変えてみました」

「え……。わざわざ、調合したのか」

「ええまあ。決まった分量を混ぜただけですから、わざわざなんて言うほどではないですし。もちろん成分は市販されてるものですから、テストも済んでいて安全ですけど、不安だったらやめておいてください」

蓮は手の中の容器と仁科の顔を交互に見比べた。

「いや……使わせてもらうが。いいのか？」

「もちろんばれたらまずいです。内緒ですよ」

いたずらっぽく片頬を引きあげる男に、とまどいながらありがとうと呟《つぶや》く。

「でも、香料だけ変えたって、なんで」

「アクアシリーズの香り、好きなんでしょう?」

「……そうだけど……」

たしかに好きだと言ったが、ただそれだけのために調合してくれたというのか。

わざわざなんて言うほどではないというが、うたた寝するほど疲れているのに、自分のひと言を気にかけてくれていたことに、胸が熱くなる。

「よければ感想を聞かせてください」

「わかった」

仁科があくびをして伸びをする。眠そうな男に蓮はもういちどお礼を言い、踵《きびす》を返した。

「帰るんですか」

「ああ」

「お疲れさまです」

「お疲れ。おまえも、ちゃんと家に帰って寝ろよ」

研究室を出て廊下を歩きながら、蓮は握り締めた容器を見つめた。それから真っ赤になった顔を手で覆う。

「……なにをやっているんだ俺は」

恥ずかしくてたまらなくなった。

わざわざ届ける必要のない伝票を持って、言いわけを準備してまで会いにきて……ものをもらって喜んで……。

これではまるで……。

自分でも自分の感情がわからなくなり、蓮は混乱した頭を抱えて階段をいっきに駆けおりた。


日曜日、大型の台風が四国を通過しているというテレビのニュースを耳にして窓の外へ目をむけると、空はどんよりとした雲が西から東へ速い速度で流れていき、木の葉が舞っていた。朝方ベランダへ干した洗濯物がはためいているが、飛ばされそうなほどの強風でもない。台風は明日にも関東に接近するということなので、雑用は今日のうちに済ませてしまったほうがよさそうだ。

そんなことを考えながら、昼食の支度をしようとキッチンへむかったら、涼太が服を着替えながら部屋から出てきた。

「ごめん兄ちゃん、ぼく、今日は食事いらないんだ」

「昼食？」

「うん。それからたぶん、夕ご飯もいらないと思う」

「仕事じゃなかったよな。出かけるのか」

「うん」

ちょっとだけ顔を見せた涼太は、すぐに洗面所へ消えた。やがてドライヤーの音が聞こえてくる。

ひとりだけならば簡単なものでいいかと思いながら冷蔵庫を開けたとき、玄関のチャイムが鳴った。キッチンの壁にとりつけられたインターホンのモニターを見ると仁科の姿が映しだされていて、蓮はとまどいながら玄関へむかった。扉を開けると風が吹き込み、髪を乱した。

「なに、おまえ……」

今日はなにも約束していない。不審に思いながら髪を掻《か》きあげ、長身の男を見あげた。

「こんにちは。今日、用があるのはあなたではないんです」

え、と目を丸くしたとき、洗面所から涼太が出てきた。

「ごめん、おまたせ。じゃあ、兄ちゃん、出かけてくるね」

「え……出かけるって、仁科と？」

「うん、そうだよ。いってきます」

涼太はえへへと笑って玄関を出ていき、仁科と並んで歩きだした。問いただす間もない。

ふたりの背中は徐々に遠ざかり、やがてエレベーターに乗り込んで、蓮の視界から消えた。

いつのまに、ふたりで出かけるような仲になっていたのだろう。アドレスを交換したのはその場限りというようなことを、仁科は言っていたのに。

「…………」

驚きすぎて頭がうまく働かなかった。

漠然とした靄《もや》が胸の中にたちこめて、得体の知れない不安に駆られる。

「……ご飯、食べるんだったっけ」

ひとりとり残された蓮は、ぼんやりしながら家の中へ戻り、冷蔵庫の中からありあわせをだして、食べはじめた。昨夜調理した煮魚は味が沁《し》みておいしくなっているはずなのに、味がしなかった。ともすると箸がとまり、咀嚼《そしゃく》もとまってしまう。時間をかけてどうにか食事を終えたあと、使った食器を洗おうとするのだが、水道の水の流れを見ているうちに手がとまりがちになってしまった。

その後もそんな調子で、日中は雑用を済ませようと思っていたのになにひとつ手につかず、自室のベッドに転がって悶々《もんもん》としているうちに陽が暮れてしまった。

ひとりきりの夕食では、寂しさをごまかそうと普段は滅多に飲まない缶ビールを開けたのだが、胸に広がるもやもやとしたものが、よけいに重くたまってきたようだった。

ふたりはどこにいったのだろう。いまごろなにをしているのだろう。まさか朝帰りなんてことは……と落ち着かない気分で食器を片付けた頃、涼太が帰ってきた。まだ七時を過ぎた頃で、思ったより早い帰宅だった。

早く帰ってきたことにほっとしている自分が、よくわからなかった。

「ただいまあ」

「おまえ、あいつと連絡とってたのか」

居間に入ってきた弟に、開口一番に尋ねる。すると涼太は笑みを浮かべて頷いた。

「うん」

はにかむように微笑む涼太の頬は、ほんのり赤い。その笑顔を見た蓮の胸は、奇妙な不安でさざ波立った。

「……まさかとは思うけど……つきあいはじめた、とか？」

「んと、えと……そういう感じ、かな……でもまだ、お友だちからはじめましょうってところだから、わかんないけど」

涼太が右の耳をいじりながら、恥ずかしそうに言う。

「そ……うか」

「兄ちゃん？」

ふ抜けた顔でもしていたのだろうか、涼太にふしぎそうな顔をされてしまったので、蓮は急いで口角を引きあげ、笑顔を浮かべた。

「はー、いや。進展してただなんて知らなかったから驚いて。教えろよ」

「ごめん。なんだか恥ずかしくて」

「ともかく、うまくいったんだな。よかったな」

「へへ。ありがと」

幸せそうな弟のそばにはそれ以上いられない気分になった蓮は、シャワーを浴びてくるといって浴室へむかった。

混乱した気持ちを落ち着かせようとして、熱いシャワーを頭から浴びる。

涼太の恋が実ったことは素直に祝福してやりたいと思う。仁科も、自分には生意気な態度をとるが他者にはそうでもないことや、根はいい男なのだということはいまでは知っているので、涼太の相手として不服はない。

それなのに、日中から胸に広がっていた靄は、急激に膨れて苦しいほどだった。

涼太が嬉《うれ》しそうなのは喜ばしいことなのに、それよりも胸苦しいような気持ちが勝っているのはどうしてか。

仁科の自信に満ちた微笑が脳裏に浮かぶ。子供と遊ぶ無邪気な笑顔も。それから、あの濃厚なキス。

仁科は涼太にもキスしたのだろうか……。

「……っ」

ふいに浮かんだ疑問が、息苦しさを覚えるほど胸を焦がし、蓮は胸元に手をあてた。

兄ちゃんも好きになるかも、というつぞやの涼太の言葉が思いだされ、胸に迫る。

もしかして、自分も仁科のことが……？

いや、しかし……仁科は男なのに……。

弟はゲイだが、自分は違ったはずなのに……。

「ゲイ……？」

缶ビール二本。それだけでも蓮の思考を鈍らせるにはじゅうぶんな量だった。

考えれば考えるほど自分の気持ちを見失い、混乱の極みに達した蓮は自分の性的指向についても疑問を持ちはじめてしまった。

もしやゲイになってしまったのだろうかと、自分の身体を抱きしめた。答えを求めて、身体から流れ落ちるシャワーの滴を眺めてみるが、もちろんわかるはずもない。

どうしたらいい。

酔った頭は蓮から知性を奪い、根拠の不明な短絡的な思考回路を作りだした。悩んだあげく、唐突に頭に思い浮かんだのはゲイバーだった。そういった場所へ行ってみれば、はっきりするような気がした。

はっきりさせたところでどうなるものでもないのだが、気持ちはすっきりするかもしれない。ゲイバーなど行ったこともなく、少々不安でもあるが、このままもやもやした気持ちを抱えるのは耐えられそうにない。

「……行ってみるか……」

悩めば悩むほど混乱し、冷静さを失った蓮は、わからないなら確認してみようじゃないかと情動に任せた行動に出ることに決め、悶々とした気持ちを吹っ切るようにシャワーをとめた。

風呂からあがって服を着ると、部屋に戻って上着をはおり、携帯と財布を持って家を出た。台風が近づいているというだけあって、上着の裾《すそ》を捲《めく》りあげるほど風が強まっており、蓮は足早に駅へむかった。

電車に乗ってむかった先は、新宿である。

ゲイの歓楽街を訪れたことはなかったが、場所は知っていた。新宿三丁目駅を出て、人の流れに任せて歩く。

初めて足を踏み入れたそこは雑多なネオンが目にうるさく、道ゆく人は本物の女性も多いようだった。本物の女性ではなく、女装している男だという可能性もあるが、ある程度見分けはつく。観光客ふうの集団も歩いている。

予想よりもオープンな雰囲気ではあるが、日頃自分の住む世界とは別世界である。歩きだしてすぐに、女の子のような格好をした青年に声をかけられた。

「お兄さん、ひとりぃ？」

その青年を一瞥《いちべつ》して、食指が動くようなことはなかった。しかしそれだけの判断材料で、自分がゲイになっていないとは断言できない。

「……。訊きたいんだが、きみのように女装している人じゃなくて、ふつうの男っぽい人が集まる場所はどこにあるだろうか」

きてみたはいいが、どの店に入ればいいのかわからない。ゲイとひと口に言ってもいろいろ趣味系統がありそうだと、行きかう人たちを見て気づいた。

仁科に心が動かされ、女装青年には興味を持てないという、自分の性的指向の傾向はおぼろげながらつかめたが、そのような店がどこにあるのか。

尋ねると、青年は声高に笑って、興味津々といった顔をむけてくる。

「やだあ。もしかしてここくるの初めて？」

「ああ」

「えっとねえ。リーマン系のバーがいいのかしら。案内してあげる」

「これは親切に」

「いいのよお。あたしも初めてここへきたときは、やっぱりこうして助けてもらったし。お互いさまなのよ」

連れていかれた店は扉に会員制と書かれていたが、青年は、これは女性よけだからだいじょうぶよと笑う。

「マスター、お客さん連れてきてあげたわよお」

青年は店主にあいさつするとそこで別れ、蓮はひとりでカウンターに腰かけた。客が全員男であることを除けば店内はごくふつうのバーだった。

ビールを注文してまもなく、携帯が鳴った。見ると涼太からだった。

「もしもし」

『兄ちゃんっ、いまどこにいるの？　酔ってたよね？　だいじょうぶっ？』

涼太にはなにも言わずに家を出てきたが、まだ三十分ほどしか経《た》っておらず、心配されるほどではない。唾《つば》を飛ばさんばかりのいきおいで尋ねてくる弟に、蓮はふしぎに思いながらも正直に答えた。

「新宿二丁目ってところ」

電話のむこうで弟が絶句した。

『ど、……どうして』

おまえと仁科がつきあいはじめたことに動揺して、とはさすがに言えない。酔った頭ではうまい言いわけもできず、黙った。

『や、自棄《やけ》になっちゃだめだよ？　落ち着いて』

「おまえこそ落ち着け。自棄になったわけじゃない。俺もそっちの気《け》があるのか検証しにきただけだ」

『検証っ？』

亮太の声がひっくり返った。

『なにをどう確かめるつもりなのっ』

「まだ考えてないけど。とりあえず観察してみようかと思ってる」

『なに考えてるんだよおっ。どうしてそういう方向にいっちゃうわけ……。それで、二丁目のどこにいるの』

店の名を告げると、弟がひえっと悲鳴をあげた。

『なんでいきなりそんな本格的なところへ……。兄ちゃん、自分が美人だっていう自覚あったよね？　とにかく、早まっちゃだめだよ！　そんなところすぐに出て……あ、だめ。下手に動くのも危険だね。絡まれても人を待ってるって言って、誰とも話しちゃだめだよ！　いい？』

涼太の剣幕に押されて了承し、通話を終えると、蓮は首をかしげて携帯を眺めた。

純情可憐な弟がこの店を知っていたことに違和感を覚えつつ、届いたビールをひと口飲む。

男にもてる自覚はあるので涼太の心配はわからなくないが、なにも違法地帯に迷い込んだわけでもないのだ。ただ静かに飲んでいるだけで、危険な目にあうはずはないと思っていた。

飲みながら、店内にいる男たちの様子をざっと眺めてみる。自分にゲイの気質が芽生えたのなら、こういったところにきたら胸が高鳴るかと思ったのだが、なんとも思わなかった。

変哲もないバーで、ふつうの男たちが飲んでいるだけの光景である。

冷静になって考えてみれば、なにもゲイバーへ足を運ばずとも、自分の職場の男たちを見るだけでもじゅうぶん検証できたのではないだろうか。

己のばかさ加減と動転ぶりに呆れていると、蓮の様子を窺っていた男たちが数人、集まってきた。

「となり、いいかな？」

「こんなところでひとりで飲んでないで、むこうでみんなで飲まないかい？」

蓮は顔ぶれを見渡した。きちんとした、温厚そうな人たちのように見える。

「……そうですね」

男たちは当然ゲイなのだろう。いわばその道のプロだ。彼らにときめくことはなさそうだったが、いまの自分の気持ちを相談するにはぴったりの相手のように思えて、蓮は誘いに乗ってボックス席のほうへ移った。

「朱美《あけみ》ちゃんに連れられてきたけど、知りあい？」

「先ほどの女装の方ですか？　いえ。道で声をかけられまして。こういう店に行きたいと逆に尋ねたら、親切に案内してもらったんです」

「もしかして、この界隈《かいわい》は初めてなのかな」

「そうです」

蓮のまわりには五、六人の男が集まり、やたらと酒を勧められた。これから相談するというのにあまり断るのもどうかと思い、ほどほどに飲み、それから事情を打ち明けはじめた。

「ゲイになったか確認にきたって？」

「ええ。ゲイになったら、自分の好みのタイプの男だったら、誰にでもときめいてしまうものでしょうか。それとも特定の相手だけ？」

「それは人によるんじゃないかな。ぼくは特定の相手だけだけど、この田中《たなか》ちゃんなんかは誰にでも反応するよ」

「そんなことないって。誰にでもってことはないよ」

はじめは飲みながらふつうに会話をしていたのだが、二、三十分もして酒がまわってくると次第に両脇にすわる男が身体を寄せてきて、脚や腕をさわられるようになってきた。

「じゃあ、ぼくにさわられて、どう感じる？」

となりの男に頬をさわられる。スケベくさい目つきで見られて、気持ちが悪いとしか思えなかった。

「いや、皆さんの経験をお尋ねしたいのですが……」

太ももをさわる手が内股《うちまた》のほうへ忍び寄ってくる。払いのけても、またさわられる。店内であるし、毅然《きぜん》とした態度でいればだいじょうぶだろうと高を括《くく》っていたのだが、いつのまにやらおさわりOK状態と化している。

ひどく酔いがまわっているようだった。家で飲んだだけでなく店でも飲んでいるのだから当然なのだが、払いのける手にも力が入らなくなってきて、やがてベタベタとさわられだした。

あれ。もしかして、これってけっこう危険な状況じゃないか？　と、酔って鈍った頭でも身の危険を感じはじめたとき、頬にふれていた男が顔を近づけてきた。

「やめ……」

蓮は相手の胸を押しのけようとしたが、力が入らず、かなわなかった。

男の鼻息に、怖気《おぞけ》が走る。

嫌だ、と思った。

この男とはキスしたくない。嫌悪感に目をつぶった瞬間、圧迫してくる力が消え、うわっという男の叫びが聞こえた。目を開けると、椅子から転がり落ちた男のうしろに、仁科が立っていた。

肩で息をし、蓮に怒りのまなざしをむけている。

「え……なんで……」

なぜ仁科がここに、と呆然《ぼうぜん》としていると、腕をつかまれて引っぱられる。

「春口から連絡を受けたんです。帰りますよ」

仁科は簡潔に告げると、蓮の腕をつかんだまま会計を済ませて店を出た。それから無言でずんずん道を行き、店から離れたところで足をとめる。歩幅が違うだけでなく酔って足元が覚束《おぼつか》なくて小走りになっていた蓮は、その背中にぶつかってとまった。

「あなたって人は……」

仁科の苦々しげな呟きが聞こえた次の瞬間、蓮はそのたくましい腕にきつく抱きしめられていた。

「狼《おおかみ》の群れの中に、羊がノコノコ自主的に突っ込んでいくなんて、前代未聞ですよ。それもこんなに酔って」

ささやくような声音《こわね》は掠《かす》れ、かすかに震えている。責めるような口調だが、そのぶん深く心配していたことを物語っていた。

「店であなたが襲われかけているのを見たときには……」

見あげると、真摯《しんし》なまなざしが熱っぽく見おろしていた。

「……まにあって、よかった」

その瞳と言葉、力強い抱擁に、蓮の胸に熱いものが込みあげる。

「仁科……」

頭の中の歯車がかちりと噛《か》みあった音が聞こえた。

自分はゲイになったのではなく、ただ、この男が好きなだけなのだと、はっきりと自覚した。

他の男にさわられても不快なだけだが、仁科は違う。こうして抱きしめられていると、そ

れだけで蕩《とろ》けそうな気分になる。純粋な喜びが胸に広がり、身も心も、すべてをゆだねたくなった。

好きだ。

ほかの一切合財がどうでもよくなるほど、仁科が好きだと思えた。

あれほど反発していたはずなのに、いつのまにか磁石の極が入れ替わってしまったかのように、どうしようもなく惹《ひ》かれている。理屈などつけようもなく、心が求めていることは事実だった。

強い風がビルの谷間を流れていく。嵐の前触れの強風がふたりをもぎ離そうとするかのように吹きつけてきて、蓮は仁科の背中に腕をまわしてしっかりと抱き返した。

キスしたい。

強くそう思った。

せつない想いを込めて見あげると、仁科の瞳の奥に揺らめいていた熱が増し、色濃くきらめいた。男の瞳に映る自分は誘うような顔をしていて、仁科への想いを隠そうともしていない。落とそうとして色仕掛けをしていたときとは、まるで違う顔をしていた。

互いに互いを欲していることを確信し、仁科の唇がおりてくる。蓮もうっとりとまぶたをおろしかけたが、寸前で、仁科が動きをとめた。

「……場所、変えましょうか。ふたりきりになれるところへ」

「……、そうだ、な……」

往来の激しい路上であるにもかかわらず、そのことを失念していた。道行く人は誰も気にとめていないようだったが、気恥ずかしくなり身体を離す。

仁科に手をとられて路地を歩き、すこし行くとラブホテルがあった。ためらうことなくそこへ入っていく男の横顔を、蓮はすこし不安になって窺いつつも、拒否する気持ちは毛ほども起きなくて、あとに従った。

自分で思っている以上に、酔っているのかもしれない。

早く仁科のキスがほしくて、そのことしか頭になかった。

「蓮さん」

シンプルな部屋へ入るなり抱きしめられ、蓮も迷わずその広い背中へ腕をまわした。見つめあったのはほんのわずか。互いに吸い寄せられるようにして唇を重ねる。

何度もなんども、強さを変え、舌を絡ませあい、唾液《だえき》が顎に滴《したた》り落ちるほど情熱的にくちづけあう。麻薬のような甘いくちづけは脳髄《のうずい》まで甘く痺《しび》れさせ、身体を蕩けさせた。

昂揚《こうよう》して身体も吐息も熱くなり、肌が汗で濡《ぬ》れてくる。くちづけたまま仁科がブルゾンを脱ぎ、蓮の上着も肩から落とされた。袖《そで》を抜くときに仁科の背から手を離すと、とたんに足がふらつきそうになり、たくましい腕に支えられる。

長いくちづけが離され、唇からしっとりと濡れたため息が漏れた。

「もう立っていられない？」

問いかけはからかいの響きがあったが、仁科も息を乱していて、いつものような余裕はなかった。

「ん……」

「じゃあ、首に腕をまわして」

言われるがままに腕をまわすと、ふたたびくちづけされ、背後の壁に背中を押しつけられた。

仁科の胸と壁に挟まれて身動きできなくなると、身長差のぶんだけ仁科が身を屈《かが》める。背中にまわされていた両手がおりてきて尻を撫でられたと思ったら、さらに下までさがって、両内股に指がかかった。ぐっと脚を割り広げられて、持ちあげられる。

「！」

キスを続けたままである。抗議もできない。足が宙に浮き、蓮はとっさに腕に力を込め、足を男の腰に巻きつけてしがみついた。

抱えあげ、それでも仁科にキスをやめる気配はなく、蓮も応えた。

そのままの体勢で仁科が歩きだす。キスをしながら室内を移動し、中央に鎮座するベッドへ仰むけにおろされると、仁科が覆いかぶさってきて、息がとまるほど深く濃厚に口中を愛《あい》撫《ぶ》される。

「ん……ふ……っ」

粘膜で仁科を味わう。

すこし強引な舌先に快感を引きだされ、感じさせられる。

夢中になって頭がぼうっとしていると、シャツのボタンをはずされていることに気づいた。

素肌の胸をまさぐられ、はっとして唇を離す。

「ちょ……」

いつのまにか靴も脱がされていた。

「なに？」

「おまえ、ゲイじゃないって……」

「ゲイじゃないです」

大きな手のひらが、蓮の頬にふれる。

「これまで男を好きになったことはなかった。でも、あなたは……」

かすれた声はそこで途切れ、唇が引き結ばれる。見おろしてくるまなざしは欲望に満ちていた。

「……いいですよね」

拒否は認めないという意志のこもったセリフ。その力強さに押し流されるように蓮は震える指を伸ばした。仁科のカットソーの裾を引きあげて、脱がす手伝いをすることで意思表示する。

　不安よりも、期待が強かった。この男と抱きあいたいという欲求が身体の中で膨れあがっていて抑えきれない。

　仁科は上体を起こしてカットソーを脱ぐと、厚い胸板をさらした。

　その裸体を見た蓮は、急激に体温があがるのを感じた。蓮のシャツのボタンはすべてはずされていて、白い胸がむきだしになっている。自分も見られているのだと思うと興奮し、心臓が壊れそうなほど跳ねる。

「あ……」

　仁科の視線が蓮の股間《こかん》へおり、ズボンの上から中心をさわられた。そこはすでに硬く張りつめていて、顔が熱くなった。

「楽にしてあげます」

　仁科の手が動く。

　ベルトをはずす金具の音。ズボンのボタンをはずし、ジッパーをさげる音。それから腰をあげてとささやく声。

　この一連の動作を他人に任せることはひどく羞恥《しゅうち》を伴うもので、もういいからと手をださずにいることが耐え難くてシーツを握り締めた。

　ズボンも下着も脱がされ、硬く反り返ったものが明るい照明に照らされて、仁科の強い双《そう》眸《ぼう》に見つめられる。恥ずかしさのあまり手で隠そうとしたが、それより早く男の手にそこを握り締められた。

長く骨ばった指と、大きな手のひらの感触に、握られた部分がぴくりと動いた。

「ん……」

ゆるゆると手を上下されて、吐息が漏れる。

自分の手ではない、他人の手に刺激される心地よさは格別で、またたくまに下腹部に血がたまる。頰を染め、快感に眉を寄せる表情を見られているのがいたたまれなくて顔を背けたとき、先端を熱く濡れた感触に覆われた。

驚いて目をむければ、仁科が口に咥《くわ》えたところだった。

「ちょ……なに……、っ……」

うろたえて身を起こしかけたが、吸いつくようにしながら根元まで口に含まれ、あまりの気持ちよさに身悶《みもだ》えしてシーツに沈んだ。

ぬめった舌が淫《みだ》らに茎に絡みつく。唇で圧をかけられながら引き抜かれ、腰がわなないた。

「……っ、……く……」

この男は舌使いが淫猥《いんわい》すぎる。

甘い声が出そうで歯を食いしばり、枕を顔に押しつけて耐えようとしたら、伸びてきた腕に枕を奪われた。

「声、聞かせてください」

そう言われると意識してしまって、よけい声をだすことに抵抗を感じてしまう。だから我慢しようとしたのだが、息を吐きだすたびに鼻に抜けるような声が漏れてしまった。

「は……、も、う……」

身体中の血液が全速力で駆けめぐり、中心へ集まってくる。舌の動きにあわせて、はしたなくも腰が揺れそうになる。快感が高まって下肢に震えが走りだし、解放の欲望が破裂寸前まで膨れあがった。

「だ、め……離せ……っ……」

下腹部が小刻みに震える。

「このまま達っていいですよ」

咥えながら喋《しゃべ》られて、その刺激に限界が到達した。

「や……っ」

このままでは口の中にだしてしまう。それはだめだとなけなしの理性をかき集めて手を伸ばし、男の髪をつかんで引き離した瞬間に耐え切れずに熱を放出した。

「あ、あっ!」

口の中にだすことは防いだが、噴きだしたものが仁科の顔にかかってしまった。

「――っ! す、すまん」

開放感に浸る間もなく慌てて身体を起こす。

仁科は自分の指で顔を拭《ぬぐ》うと、色気のある目つきをしながら舌をだし、見せつけるようにゆっくりと濡れた指を舐《な》めた。

「なるほど。こういうプレイがお好みでしたか」

「ちが……っ」

赤くなって否定するが、仁科の顔が近づき、あしらうようにキスされて黙らされてしまった。

「んん……、ふ……」

しっとりとしたくちづけをしながら優しく髪を撫でられ、疾走していた心臓が落ち着いてくる。くちづけをといて間近から男の瞳を見返すと、滾《たぎ》るような熱を孕《はら》んでいて、落ち着いたはずの心臓がどきりと跳ねた。

「あ……俺も……」

自分ばかりが気持ちよくさせてもらった。今度は仁科の番だろうと、相手のズボンへ手を伸ばしたが、遮られた。

「いいです。違う方法でしたいので」

「違う方法って……」

「あなたと、もっと深いところで繋《つな》がりたい」

抱き寄せられて、背後にまわされた手が尻をなぞり、うしろのすぼまりにそっとふれた。

「ここで」

誰にもふれられたことのないそこを予告なくさわられて、その刺激に蓮は背筋を震わせた。

「っ……、でも、やり方とか……わかるのか？」

求められているのなら応じたい。自分も深く繋がりたいと思う。だが、お互いにノンケである。そこで繋がるセックスの知識は、すくなくとも蓮のほうは漠然としたものしかない。

「俺、なぜかまわりにゲイが多いんです。いろいろと聞かされているので、わかります」

仁科は肩にはおったままだった蓮のシャツを脱がすと、ベッドから降りてズボンと下着を脱いだ。

現れた仁科のものは硬く勃起《ぼっき》していて、たくましく天をむいている。しかも目を瞠《みは》るほど大きくて、蓮はうろたえて目をそらした。

仁科もあんなにも興奮しているのだと知り、嬉しいというよりも、なんだか恥ずかしい気分にもなる。

耳のあたりの血管がうるさいほどにドクドクいって、顔が熱くなる。酔いのせいか興奮しすぎているせいか、湯気が出そうなほど頭がのぼせていて、未知に対する不安はさほど感じなかった。

いまされたことよりももっとすごいことをするのだと思うと、心臓の鼓動が激しくなる。

仁科にリードを明け渡してしまっていることについては気にならなかった、というか、気にしている余裕がなかったが、年上の人間としてせめて余裕ある態度をとりたいと思い、激しい心臓を落ち着けようと深呼吸をくり返す。

蓮が自分と闘っているあいだに仁科は部屋の隅の戸棚からローションをとりだし、ベッド上へ戻ってきた。そして横になると蓮の細腰を引き寄せて、背中越しに抱きかかえた。

仁科の裸の胸板が、背中に密着する。心臓は落ち着くどころかますます高鳴り、壊れそうなほどだ。

「楽にしていてください」

仁科は蓮のうなじにくちづけると、ベッドサイドに置かれたコンドームを袋からとりだし、中指に嵌めた。

「爪が当たって痛くないように。こうしたほうがすべりもいいそうなので」

低い声が安心させるように言い、その指がそっとうしろのすぼまりにふれた。

様子を窺うように指の腹で周囲を撫で、襞《ひだ》の弾力を確かめると、ゆっくりと、中に入ってきた。

「……ん……」

気持ちはこの上なく緊張していたが、身体のほうは酔いと丁寧な愛撫により程よく蕩けていた。お陰で苦もなく指を受け入れて飲み込んでいく。仁科の言葉の通りすべりがいいようで、スムーズに指を抜き差しされる。

「だいじょうぶですか？」

「ん」

異物感が気になるが、苦痛はない。頷くと、指を二本に増やされた。ローションも垂らされて、ぐちゅぐちゅといやらしい音がそこから溢《あふ》れる。

粘膜のあちこちを刺激されて、こすられる。そんなところを仁科にいじられているのだと思うと恥ずかしく、顔をシーツにこすりつけた。

「気持ちいいところがあったら、教えてください」

そう言われても、正直、快感には程遠い。それでも仁科と繋がりたいという欲求は変わらず、頷いた直後、それまでとは異なる感覚を身の内に覚えた。

「ん……、っ……あ……っ」

背中がぞわりと総毛立つような快感に、甘い声が口から飛び出た。

「ここ？」

「あ、やっ……、っ……！」

指が、反応を示した部分をたて続けにこする。それだけで神経を直接鷲《わし》づかみにされたかのような快感が生まれ、蓮は首をうちふって身悶えた。

声をだすのが恥ずかしいなどと考えている場合ではなかった。そんな感情もどこかへ吹き

飛ぶほどの強い刺激に、嬌声《きょうせい》がとまらない。

快感をどう耐えればいいのかわからなくて、出入りする指をきつく締めつけてしまう。

「ん……も、だめ……、っ……ぁ」

「まだですよ」

耳朶《みみたぶ》に吐息を吹きかけられて、首をすくめる。

「ここ、敏感なんですね」

「……っ……」

耳が弱いことは、すでに知られていた。ねっとりと耳朶をしゃぶられながら下の指を三本に増やされ、上と下との両方で刺激されて、快感が倍増してわけがわからなくなってきた。

指が、いいところを刺激するあいまに入り口を広げるような動きをし、もう一方の手では背筋や胸を撫でられて追い詰められ、全身を震わせながら耐え忍んでいると、うしろを穿《うが》っていた指が抜けた。

「そろそろいいでしょうかね」

身を起こした仁科は指にしていたコンドームを捨てると、新しい物をとり、自身の猛《たけ》ったものに装着した。

「上をむいてください」

仰むけにされ、有無を言わさず脚を大きく開かされる。太もものうしろを手で押されて膝を折り曲げられ、濡れた陰部を開かされた。

「……っ」

こんな恥ずかしい格好をして見せなければならないなんて。酒の入った状態でも恥ずかしくて泣きたくなる。

しかし羞恥を覚えたのはほんのわずかなときだけだった。すぐに仁科が入り込んできて、そちらにすべての意識が集中した。

「……っ……く」

衝撃に、息を飲む。

三本も指を挿《い》れられて広げられたはずなのに、仁科の猛りはそれ以上に大きすぎてうまく飲み込めない。限界まで広げられた入り口を、太い茎がこすりながら中に入ってくる。その先の狭い粘膜を矢じりのような先端が分け入るようにして進む。

「きつ……」

仁科が荒い息を吐きながら言葉を漏らした。

「……っ、悪い……」

自分がうまく力をゆるめることができないせいで、きつすぎて苦しいのかと謝ったら、仁科が困ったような笑みを浮かべた。

「違いますよ。めちゃくちゃ気持ちいいんです」

ぐっと押し進められて、すべてを埋め込まれる。

「あ……う」

「締めつけがよすぎて、これじゃすぐに達きそうです」

どくどくと、音がする。

身体の奥の粘膜から、自分とはべつの拍動が伝わってくることに、これまで感じたことのないふしぎな興奮と快感を覚えた。

「熱い……」

「あなたの中も」

仁科は眉根を寄せて快感に耐えるような顔をしながら、しばらく動かずに様子を窺い、やがて蓮の脚を抱えあげた。

「動きますよ」

埋め込まれたものが、ゆっくりと引き抜かれる。そしてまた貫かれる。

「あ……っ、く……っ……」

圧迫感がものすごく、最初のひと突きで感じたのは衝撃だけだった。

しかし。

「ここ、でしたよね」

確認とともに二度目に突き入れられたとき、繋がった場所から甘い痺れが突き抜けた。

「や、そこ……あっ、ああ……っ！」

突かれたのは、指で探られたときにみつけられたいい場所だった。狙《ねら》い澄ましたように先端でぐりぐりと抉《えぐ》られて、あられもない声をあげてよがってしまう。またたく間に血が沸き立ち、視界が涙でにじむ。

「だめ、だ……、そこ……っ……」

長い茎をぎりぎりまで引き抜かれ、またそこを狙って貫かれる。次も、また次も、なんどもそこをこすられて、身体の熱をあげられる。

「どうして。すごく気持ちよさそうなのに」

「だって……、あ、あ……っ」

「いい？」

「……っ、……」

「教えて。嫌ならやめますから」

柔らかい内部を硬いもので抜き差しされて、気持ちよすぎておかしくなりそうだった。

「だ、め……っ、んっ……」

そこが燃えるように熱くてたまらない。だめだと口では言いながら、身体は欲望に忠実に動きだし、仁科の猛りをもっと深くまで受け入れようと腰を仰《の》け反《ぞ》らせて迎え入れた。

「それは、やめちゃだめってことですか」

訊かれてもそれ以上答える余裕がなかったが、身体の反応が、素直な答えを返していた。

「あ……、ん……っ」

めまいがするほどの快感に身体中の血が滾り、興奮して身体から汗が流れ落ちる。

「……は……っ」

仁科も気持ちよさそうな荒い息を吐きだし、次第に動きを加速していく。

強く激しく突きあげられて身体を揺さぶられると、身も心ももみくちゃになり、熱したバターのように身体が蕩けてぐずぐずになった。仁科を受け入れている部分だけに全神経が集中し、そこから生みだされた快楽が全身に広がっていく。

こんなセックスも快楽も生まれて初めてだった。理性もなにもかもなくして、与えられる快感にすべてを支配される。

いちど達っているのに、ふたたびの極みがほしくて、下腹部に熱が凝り固まっている。熱を放出したくて熱い息を吐きだすが、当然それだけでは追いつかず、腰を揺らした。すると仁科の手が前へ伸び、うしろの注挿《ちゅうそう》にあわせてしごかれる。

「あ、あっ、……っ、だめ……！」

前とうしろの両方から攻められて、いっきに高みへ追いやられた。限界は目前で、内股に痙攣《けいれん》が走る。

「あ……も、う……達きそ……っ」

「ええ、俺も……」

奥をひときわ強く突かれ、その瞬間、極限まで高まっていた欲望がはじけ、目の奥に火花が散るような快感を知った。下肢もつま先もびくびくと震わせて、白い体液を放つ。

「――……っ」

浮上した身体が落ちていくような感覚。満たされて脱力すると、おなじように身体を震わせて達った仁科がずるりと楔《くさび》を抜き、上に被《かぶ》さってきた。

大きく胸を上下させながら抱きしめてくる、その重さに心地よさを覚えていたのだが、呼吸が整って落ち着いてくるうちに、蓮の頭も次第に理性をとり戻してきた。

なにか、大事なことを忘れていたような気がした。

なんだっけ、とまだ鈍い頭を回転させ、記憶を手繰《たぐ》り寄せたところ――思いだした。

思いだして、身体を硬直させた。

「…………」

感情の赴くままに行動してしまったが、たったいま抱きあったこの男は、弟の彼氏ではなかっただろうか……。

いまさらな事実を思いだし、なんてことをしてしまったのだろうかと一瞬にして頭が冷えた。

つきあいはじめたのだと聞き、それに動揺して家を飛びだしてきたというのに、どうして忘れていられたのだろう。

自分が信じられなかったが、忘れ去っていたのは事実だ。そして抱きあってしまったのもまた事実だ。

酔っていたとはいえ。バーで身の危険を覚えたとはいえ。この男を好きだと自覚したとはいえ。

最愛の弟の彼氏を寝取るだなんて、ありえないだろう自分。

頭を抱えたい衝動に襲われたが、抱きしめられていてかなわない。身じろぎしたら仁科が横に移動して解放されたので、蓮は起きあがって服を着はじめた。

「蓮さん？」

黙々と身支度を整える蓮の背中に、全裸のまま横たわる仁科が声をかける。

「なにもそんなに急がなくても」

「弟に連絡してなかったから……きっと心配してる」

仁科のほうは見れなかった。

「こんなときでも弟が一番なんですね。メールしておけばいい」

「いや。無事な顔を見せたい」

支度を済ませて立ちあがると、仁科もとまどって起きあがる。

「……、まさか、本当に帰るんですか」

うそだろうと言わんばかりに仁科の表情が焦ったものになった。自分のほうは硬くこわばった顔をしているだろうと思いながら頷いた。

「ああ」

「待ってください。送ります」

仁科も脱ぎ散らかしていた服を拾いあげる。

「ひとりで帰れる」

「いや、身体、辛いでしょう」

「平気だ」

「蓮さんっ⁉」

つかまえようとする仁科の腕をすり抜けて、蓮は逃げるように部屋から出た。

七

「ただいま……」

「兄ちゃんっ」

あちこち痛い身体を引きずるようにして自宅へ戻ると、涼太が転がるようないきおいで抱きついてきた。

反射的に、身体がこわばる。

「無事でよかったよぉ。仁科くんとは会えた？」

「……ああ」

心配していてくれた様子で、ほっとした顔で見あげてくる。仁科の残り香が身体から匂うのではないかと不安になり、その小柄な身体を蓮はやんわりともぎ離した。

「もぉ。時どき突飛でもないことするんだから。心配させないでよ」

「悪い」

涼太に謝らなくてはいけないと思った。しかしなんの疑いもなくまっすぐに見あげてくる弟の大きな瞳を正面から見返すことができなくて、蓮は目をそらして廊下を進んだ。

「おまえ、なんで仁科をよこしたんだ」

「えと、どうしよって思って仁科くんに電話してみたら、まだ駅の構内にいて、直行できるって言ってくれたから、お願いしたんだけど。なんで？」

「いや……」

「兄ちゃん？」

様子のおかしい蓮に、涼太が目をぱちくりさせて、腕に手を伸ばしてくる。

「もしかして……無事じゃなかった、とか？」

「いや。だいじょうぶだった。まだ酔ってるかな」

「どんだけ飲んだの……って、ん？　そういえば、身体熱くない？」

腕にふれていた涼太の手が背中をさわり、次に確認するようにひたいに伸ばされる。

「酔ってるせいだろ」

近づかれたくなくて避《よ》けようとしたら、ふいにめまいがして意識が遠くなりかけた。

足がもつれ、床に膝をつく。

「兄ちゃん！」

弟が身体を支えようとするが、そのまま床に横にならせてほしいと思った。

「身体、やっぱり熱いよ。どこか具合悪いの？　だいじょうぶ？」

「ちょっとめまいがしただけ……」

「ど、どうしよ。待って、こんなところで寝ないで。とりあえずベッドに行こうよ」

涼太に脇を引きあげられ、重い身体を引きずるように自室へ行き、ベッドに倒れこむ。いちど涼太が部屋から出て行き、戻ってくると体温計を脇に挟まれた。

「これ絶対、酔ってるだけじゃないよ。熱あるって」

「おおげさだな」

「おおげさじゃないよっ。救急車を呼びたいぐらいだよ」

身体は熱いし、頭もずっとぼんやりしたままだが、酒を飲んだり仁科と抱きあったせいだと思っていた。だが測ってみたら、三十八度七分あった。

「うわ。だから二丁目に行こうなんて思っちゃったのかな」

いつから熱があったのかわからなかった。体調が優れぬわけでもなかったのだが、一日中悩みすぎたせいで熱でもだしたのだろうか。それとも男同士の慣れないセックスのせいか。

「どうしよー、どうしよー。解熱剤って飲んだほうがいいのかな。スポーツドリンク、あ、アイスノンと、あと……」

「だいじょうぶだから。ひと晩寝ればさがるだろ」

もう寝ると言って目を瞑《つむ》ると、涼太はちょっと待っててと言い置いて部屋から出ていった。

「……最低だ……」

覚悟を決めて謝ろうと思ったが、罪悪感がとほうもなく大きすぎて、犯した罪をうちあける勇気が出なかった。

弟は、仁科のことを本気で好きなのに。ふられても、それでも好きだと言ってようやくつきあえるようになったというのに、まとまった話を台無しにしてしまった。

液状になって床の底まで沈み込みそうになっていると、扉を叩《たた》く音がした。

「兄ちゃん」

ふたたび入ってきた弟は、氷枕やタオル、飲み物など、いろいろ携えていた。

「そんな格好で寝ちゃだめだよ。着替えるの億劫《おっくう》なら手伝おうか」

「いや、自分でできる」

「水分とってね。あと、もし吐きそうになったらこれ使って。それから、なにかあったら呼んでね。たまに様子見にくるつもりだけど」

なにも知らずにまめまめしく世話を焼いてくれる弟に申しわけなくて、消え入りたい気分だった。

「悪いな」

「ううん。いつも兄ちゃんに世話かけてるのはぼくのほうだもん。こんなときぐらいは役に立たないとね」

涼太がにっこりと陰りのない笑顔をみせてくれた。

蓮の態度がおかしいのは熱があるせいだと信じて疑っていないだろう。

兄と恋人の裏切りを知ったら、どれほど悲しむだろうか。

のろのろと蓮が着替えはじめると、涼太は出ていった。

加熱しすぎた頭は許容オーバーで、横になるとすぐに眠りについた。

ふたたびまぶたを開けたときには朝になっており、熱は平熱に戻っていた。だが身体のだるさは残っていて、無理して出社する気力もなく、その日は会社を休むことにした。

「じゃあね兄ちゃん。ちゃんと休んでてね」

「ああ。気をつけて」

台風はいよいよ近づいているようで、外はどんよりと厚い雲に覆われ、小雨が降っていた。

涼太を送りだしてからは一日中寝たり起きたりをくり返し、悶々と過ごした。

仁科は、涼太とつきあいはじめておきながら、なぜ自分と関係を持ったりしたのだろう。

その場の雰囲気に流されてのことだったのだろうか。

考えてもよくわからなかった。

自分だって、弟の恋人と知っていたはずなのに、気持ちが盛りあがって関係を持ってしまったのだから、仁科の不誠実を責められる立場ではない。

昨夜は酔いといきおいで熱病に浮かされたように抱きあってしまったが、理性をとり戻したいまは、海より深く後悔している。

後悔しているし、反省もしている。だが、仁科を好きだと思う気持ちは変わらなかった。ほんのいっときでも互いに求めあえた喜びも、変わらない。

とはいえ弟から奪うことはできない。ふたりのあいだにあとから割り込んだのは自分なのだ。未練と後悔のあいだに挟まれて、想いが行ったりきたりしてしまうが、結論は決まっている。

身を引くしかない。

諦《あきら》めるもなにも初めからわかっていたことだった。

「涼太に謝らなきゃ……」

仁科と寝たことを告白したら、彼らの関係にひびが入るかもしれない。涼太の幸せのためには黙っていたほうがいいのかもしれないとも思ったが、こうしたことはいずればれるものだ。遅かれ早かれ知られるのならば、早いうちに自分から話して謝罪したほうが、涼太の傷は浅く済むだろうと思った。

弟の泣き顔が思い浮かんで胸が痛んだ。

夕方には身体のだるさもなくなり、寝汗をかいたシーツをとり替えて風呂に入った。昨夜仁科と抱きあってからシャワーを浴びていなかったため、身体がべたついていた。切腹前の侍が身を清めるような静粛さで風呂からあがり、Tシャツとスウェットのズボンを着たところで涼太が仕事から帰ってきた。

「調子はどう？　だいじょうぶそうかな」

「ああ。もうなんともない」

「食事はできる？　あのね、ゼリーとかね、レトルトのお粥《かゆ》とか、食べやすそうなものを買ってきたよ」

「すまないな。だが、もうふつうに食べられるから、心配いらない」

涼太は買ってきたものをキッチンへ置きに行く。その弟の背中に静かに声をかけた。

「涼太。話があるんだ」

蓮は固唾《かたず》を飲んで居間のラグの上に腰をおろした。

「こっちにきてくれ。大事な話なんだ」

正座して細い背中を見つめるが、弟はすぐにやってこようとはしなかった。ふり返るどころか返事もしない。なぜか動きをとめて、のろのろと自分の手を見おろしていた。

「涼太？」

「……兄ちゃん」

「どうした」

涼太がゆっくりとふり返る。

「……やばいかも……」

その顔は紅潮し、ぽつぽつと発疹《はっしん》が現れていた。首や手にも同様の発疹がある。蓮はヒッとのどを引きつらせ、転がるように駆け寄った。

「いつ！　なにを食べたんだ！」

「帰りにクレープを買って……食べながら歩いてきたん……だけ、ど……」

涼太は首に手をやり、苦しそうに喘《あえ》ぐ。喋っているうちにも呼吸が荒くなってきて、呼吸困難の症状が現れはじめていた。

見るからに重篤《じゅうとく》な症状。蓮の顔から血の気が引いた。

「それ……まさか蕎麦粉入り、じゃないよな……」

否定してほしい気持ちで呟いたが、どう見ても、蕎麦粉入りのクレープだったことには間違いなさそうだ。

「わ、かんないけど、おいしかったよ……？」

「味は関係ないだろっ」

普段ならば笑えるとぼけっぷりだが、そんな状況ではない。

「……苦し……」

前のめりになる弟の身体を支えながら横にさせ、蓮は居間の隅にある電話へ走った。迷わず一一九をプッシュし、叫ぶようにして救急車を依頼すると涼太の元へ駆け戻り、背をさする。

これほどひどい症状が出るのは、小学生のとき以来だ。あのときの記憶と恐怖が呼び覚まされ、弟の背をさする手が震えてとまらない。弟が苦しんでいるのに楽にしてやるために行動できることがなにもない。ただ見ていることしかできないことが泣きたくなるほどの恐怖を生み、たいした意味がないとわかっていながら背をさする。

早く、早く助けにきてくれと、救急車が到着するまでの数分間は生きた心地がしなかった。

上着と財布をつかみ、玄関の扉を開放し、雨の降りしきる道路を見おろす。そしてまた涼太のそばへ戻って手を握る。

やがて救急車が到着し、すみやかに病院の救急外来へ搬送された。

身体の震えはずっと収まらない。

外来待合で気が遠くなる思いで祈るように待ち、やがて治療室から出てきた医師に、

「ひとまず落ち着きました」

と告げられて、ようやくほっとした。安堵《あんど》のあまり涙が出た。

ひと晩入院することや自己注射薬についての説明を受け、事務手続きを終えてから、父へ連絡することを思いつき、携帯をとりだす。

しかし入院したことをいま報告したところで、父たちが病院へ到着する頃には病棟の消灯時間も過ぎているだろう。よけいな心配をかけることになる。状態は落ち着いたということだし、連絡するのは明日でいいかと思いながら画面に目を落とすと、メールが入っていた。電話の着信履歴も数件残っている。

そういえば、昨夜から携帯を見ていなかった。確認すると、そのほとんどが仁科からのものだった。

昨夜のメールには体調を気遣う内容が、今日のメールはこれから家へむかうと書かれている。

今日のメールは一時間前に送られたものなので、もう家にきているかもしれない。

なんのつもりだろう。

また連絡がきそうだが、いまは涼太のことで頭がいっぱいで話したい気分ではない。涼太だけでなく仁科にも、もう関係を持たないと言うつもりであるが、いまはそんな話しあいをする気力はなかった。とはいえ先延ばしにしないほうがいいとも思う。

どうするか逡巡《しゅんじゅん》していると、携帯が鳴った。仁科からの電話だった。

「…………」

蓮は迷いながらも外来の外へ出た。台風はちょうど関東の南側の海上を通過している模様で、横殴りの激しい雨が屋根の下にいても降りかかってくる。電話に出たところで、雨音がうるさすぎて聞きとれないかもしれないと思いながらも、鳴り続ける携帯を見つめて息をつき、通話ボタンを押した。

「もしもし」

『――仁科です。やっと繋がりましたね』

言葉尻に安堵のため息が混じっていた。声は案外よく聞こえた。

『今日は会社を休まれたようですが……身体はだいじょうぶですか』

「ああ」

『いま、どこにいますか。あなたの家まできたんですけど、留守のようですね』

「話したいことがある」

蓮は深く息を吸い込み、硬い声で告げた。

「もうこの電話には、かけてこないでくれ。おまえとふたりきりで会うことは、二度としない。会社でも、仕事の用でない限り話しかけないでほしい」

一方的に告げると、一拍ほどの間があいた。

『……どういうことです』

聞き慣れたものよりも一段低い声が、受話器から届く。

「言ったとおりだ」

『理由を聞かせてください。とにかく、どこにいるんです』

「……病院にいる。涼太がショックを起こしたんだ」

『え……』

仁科が絶句した。息を飲む気配が伝わる。

「いまは落ち着いたけど、入院することになった」

『どこです』

蓮は病院名を告げ、通話を切った。

空を見あげると大粒の雨がうねるように荒々しく降り注いでいて、不穏な様相を呈していた。

Tシャツの上にジャケットを羽織っただけの格好で嵐の夜に立つのは心もとない。ひときわ強く吹いた風に首筋を撫でられ、身を震わせて院内へ戻った。


「ごめんね兄ちゃん」

病棟の個室へ移ると、穏やかな表情で涼太が言った。

「ぼくは平気だから、もう帰ってだいじょうぶだよ」

「そうだな。もうすこししたら帰る。おまえの職場のほうには、連絡しておくから」

「ありがと。ごめんね、兄ちゃんも具合悪いのに……」

「俺はもうなんともないから」

涼太は苦しさは消えたようだが疲労が濃く、いまにも眠りに落ちそうだった。

眠ったら帰ろうと思って椅子に腰かけ直す。

もうすこししたら、仁科がここへくるかもしれない。

涼太が入院したと聞いたときの仁科の驚きようは、電話越しにもじゅうぶんに伝わった。

やはり仁科にとって昨夜のことは気の迷いであり、涼太が大事なのだろう。

はじめから望みはないとわかっているし、期待もしていない。それなのに、事実を思い知らされたら胸がじくじくと痛んだ。

顔をあわせる前に帰れるといい。そう思っていたが、うまくはいかないもので、吐息をついた瞬間に扉が開いた。

顔をあげると、スーツをずぶ濡れにした仁科が立っていた。

予想よりも早い到着である。涼太が心配で、よほど急いできたのだろう。

蓮は立ちあがった。

「だいじょうぶですか」

部屋へ入ってきた仁科が、寝ついた涼太のほうを一瞥してから蓮に静かに話しかけてくる。

「もう落ち着いてる。でもまだ油断できないけどな」

「あなたは」

普段のからかいの色などない。真摯に心配の色をにじませた瞳に見おろされて、蓮は胸が苦しくなり、息が詰まった。

見返すことができなくて、目をそらす。

「俺は、べつに」

「先ほどの話ですが」

「ちょっと、出よう」

涼太の前でする話ではないし、起こしたくない。病棟から出て、広いエレベーターホールにある自販機の前で立ちどまった。面会時間はとっくに過ぎているし、消灯間近で周囲に人はいない。たまに通る看護師の足音がやけに大きく響いた。

「蓮さん」

正面に立った仁科が切りだしてきた。

「俺と会わないという、理由を聞かせてください」

ひそめた声で、しかし力強い口調で尋ねてくる。

「昨日のことを、後悔してるんですか」

「ああ。そうだ」

目を見て答える勇気がなく、蓮は俯《うつむ》いて答えた。

「あんなこと、するべきじゃなかった」

仁科がどんな表情をして見おろしているのかわからなかったが、その代わりに、彼の身体の脇にあるこぶしが握り締められるのが視界に映った。指の色が変わるほど、きつく力が込められている。そのこぶしから雨水が滴り落ちていた。

「俺が嫌だと言っても？」

「ああ」

「もう、気持ちは変えられないのですか」

低い声は抑制のきいた静かなものだったが、どことなく焦燥のようなものを感じた。それは、自分の気持ちの中にある期待がそう聞こえさせたのかもしれないと思いながら、蓮は思いをふり切るように深く頷く。

「ああ、そうだ。昨日のことは忘れてくれ」

仁科はしばらく無言で見おろしてきたが、やがて自嘲的に笑った。

「それはそうですよね……」

「…………」

「愚問でしたね。あなたは初めから、俺を手玉にとるために近づいてきたんだった」

そう言われて蓮ははっとした。それと昨夜のこととは関係なかった。しかし誤解だと告げる気持ちは起こらず、俯いてこぶしを握った。

「これで満足ですか」

硬い声が、胸に痛んだ。

「……。じゃあ」

蓮は問いかけには答えず短く別れを告げて、その場から立ち去った。仁科は立ちすくんで

いて、追いかけてくる気配はない。涼太の病室へ戻るのかもしれないと思いながら蓮は階段をおり、病院を出た。

外はあいかわらずの土砂降りだった。タクシーもとまっていたが、あえて雨の中を傘も差さずに歩いて帰った。そうすればこの気持ちも雨といっしょに流れてくれそうな気がしたのだが、惨めな気分が込みあげて泣きたくなっただけだった。

ばかだな、と思う。

道の先も見えないほどの激しい雨に打たれて、途中でなんども立ちどまりたくなったが、ここまできてしまっては引き返せないと、歯を食いしばって前へ足を運んだ。


「風邪でも引いたか？」

翌日仕事へ行くと、戸叶が昨日休んだことを心配して声をかけてきた。

「そのようです。ご迷惑おかけしました」

「いや、こっちは問題ないけど。まだ顔色悪そうだけど、だいじょうぶなのか」

「これは、寝不足なだけです。昨夜は弟の入院騒ぎがあって」

「え。どうしたんだ」

事情を簡単に打ち明けると、戸叶は納得し、心配してくれた。

「それは大変だったな。今日は早く帰るといい」

寝不足なのは弟のこともあるが、そればかりではなかった。目を閉じると仁科の面影がちらついてしまって寝つけなかった。

考えても仕方のないことで、思い切るしかないとわかっているのだが、急には切り替えられないもののようだ。会わずにいればいずれ忘れられる日がくるのかもしれないが、相手は弟の恋人で、これからも顔をあわす機会はあるだろうし、弟との会話にも出てくるだろうと思うと、平静を保つ自信がなく、気が重かった。

その日は仁科が姿を見せることはなかった。会うべきではないし、姿を目にしたら辛くなるだけだとわかっているのに、ひと目でいいから見たいと思ってしまう。また、仁科の研究室からの分析依頼が届いていたりすると、そのたびに心臓が震えてしまう。そんな自分の心の動きを持て余しながらもどうにか仕事を終えた。

「お帰り蓮くん。ご苦労様だったわねえ」

帰宅すると、美奈子《みなこ》がほがらかな笑顔とともに出迎えてくれた。

涼太の容態はその後問題なく経過したとのことで、夕方無事に退院したのだが、蓮は仕事だったので義母が迎えに行ってくれたのである。

「涼太は」

「居間にいるわ」

涼太は居間のソファにすわっていて、蓮の顔を見るとあどけない笑顔をむけてくれた。

「兄ちゃんお帰り。昨日はほんとにごめんね」

「もうだいじょうぶなんだな」

「うん」

疲れが残っているようにもみえたが、顔色はよく、休んでいればじきに回復するだろうと思えた。

「夕食の用意はできてるからね。蓮くんも帰ってきたことだし、私はむこうの家に帰るわね」

「美奈子さんも忙しいのに、わざわざすみませんでした」

「嫌だわ、息子なんだからこれぐらい当然でしょ。水臭いこと言わないでよ。本当はもうちょっといてあげたいんだけど、お父さんが涼太くんの心配してるから、早く帰って報告してあげないとね」

心配なら自分で見にくればいいのにねえと笑いながら美奈子は帰っていった。

蓮はスーツの上着を脱ぐと美奈子の用意してくれた食事を食卓に並べ、涼太とふたりでとった。

食べ終えたら、仁科と寝たことを涼太に告白しよう。そう覚悟していたから、自然と口は重くなり、会話が途切れがちになった。

「どうしたの兄ちゃん、なんだか変だよ」

あらかた食べ終えたところで、涼太が怪訝《けげん》そうに首をかしげた。

「そうか？」

「やっぱりまだ具合悪いの？　そうだよね。そういえば顔色も悪いもんね」

「いや、そうじゃないんだ」

蓮が重苦しい声をだすと、涼太が瞬《まばた》きした。

言うならいまだろう。蓮は咳払《せきばら》いして姿勢を正すと、むかいにすわる弟に、思いつめた目をむけた。

「涼太、話があるんだ」

「えっと……なに？」

「ごめん」

苦しく声を絞りだし、頭をさげた。

「一昨日《おととい》……仁科と寝た」

涼太の反応はなかった。重苦しい沈黙に耐えながら、膝の上に置いた手を見つめる。指先に力を込めながら、言葉を重ねた。

「おまえの気持ちを知っていながら、本当にすまないことをしたと思っている。もう二度と仁科とは会わない。あいつにもちゃんとそう言った。許してくれとは言えないが――」

「ちょ……っと、待って……」

涼太の、魂の抜けたような声が胸に突き刺さった。殴られても文句は言えないと思い、歯を食いしばる。

「意味がよくわからないんだけど……」

「……言ったとおりだ。おまえ、仁科とつきあいはじめたって言っただろう？　その夜、俺、家を出ただろう？　そこで仁科と会って……」

「あ……」

蓮の告白に呆《ほう》けていた涼太だが、意味を理解するなりうろたえたように尋ねてくる。

「兄ちゃん、それ……本気で言ってる？」

「ああ。本当に悪かった。ひどいまねをしたと思う。怒るのは当然だ」

「そうじゃなくて。寝たってことは、仁科くんのことが好きだってことだよね？」

「…………」

返事に詰まると、涼太がさらに狼狽《ろうばい》した。

「仁科くんにも、会わないって言ったの？　それであの人、納得したの？」

「ああ」

「ごごごめんっ！」

涼太は叫ぶように言うと、立ちあがって髪をかきむしった。

「うわあ、ほんとごめん！　それ、完全にぼくが悪い！」

「いや、べつにおまえは悪くないだろ」

詰《なじ》られるとばかり思っていたのに逆に謝られ、今度は蓮のほうが目を瞬《またた》かせた。

「違うんだよ、すっかり忘れてた。あのね、ぼくと彼はそんな関係じゃないんだよ」

「……。は？」

「ちょっと待って、仁科くんにも言わないと」

涼太は慌てた様子でズボンのポケットから携帯をとりだして電話をかけた。

「――もしもし仁科くん、昨日兄ちゃんにふられたよね？　そのことで話がしたいんだけど、いますぐきてよ。誤解なんだ。兄ちゃん、ぼくたちがつきあってると思ってる。……うん、だから説明するからすぐきて。じゃね」

涼太はそれだけ言うと、一方的に通話を切ってしまった。以前、仁科の前では乙女のように初々《ういうい》しくしていた弟が、なんだか様子が違う。いやにぞんざいな態度だ。

「涼太、そんな関係じゃないっていうのは……？」

……。

恋人ではないということだろうか。しかし、つきあいはじめたと言ったのは涼太自身で
「うん、あれ、うそなんだ」

へらりと笑う弟の顔を、蓮は呆気《あっけ》にとられて見つめた。

「……うそって、なんで」

「まあ、待ってよ。ふたり揃ってから話すから」

話は仁科がきてからだという涼太の言葉に従って、不安を抱えながらおとなしく待つこと二十分。チャイムが鳴って、涼太が玄関へ迎えに出た。

「あがって。兄ちゃんもいるから」

「誤解という話は」

「うん。いま話す」

短いやりとりをしながら居間へやってきた仁科はスーツ姿で、駅から走ってきたのか息を弾ませており、張りつめたような表情で蓮を見つめた。

涼太に促されて、仁科は蓮のすわる食卓のとなりの席に腰をおろした。涼太はむかいにすわり、とまどった表情を浮かべるふたりを交互に見てから、蓮に言った。

「えっとねー。さっきも言ったけど、ぼくと仁科くんはつきあってないから。なんでそんなうそをついたかって言うと、仁科くんに協力してくれって頼まれたからなんだ」

「協力……？」

「兄ちゃんを落とす協力だよ。兄ちゃんが仁科くんに落ちるまであとひと押しっぽかったから、やきもち焼くかと思って芝居して、揺さぶりをかけてみたんだ。ごめんね」

子供がお茶目ないたずらをしたときのように、軽い調子で告白されて、蓮はなんども目を瞬かせて弟を凝視した。そのとなりで仁科がそういうことかと呟いていた。

「……どういうことだ……?」

仁科は事情を察したようだが、蓮はわからない。混乱してふたりの顔を見比べ、涼太へ目をむけた。

「えっとね。三人で食事したときがあったでしょ」

「仁科にうちへきてもらったときか」

「そう。そのときにね、仁科くんが兄ちゃんのこと好きなの、すぐわかったんだよ。本人は自覚なさそうだったけど、ていうか、認めたくなさそうだったけど」

涼太がにやっと笑って仁科の顔を見る。視線を受けた仁科は不快そうに顔をしかめたが、黙っていた。

涼太が先を続ける。

「それから兄ちゃんのほうも、自覚なさそうだけどまんざらでもなさそうな雰囲気だったから、協力してあげることにしたんだ」

蓮が席をはずしたときに、涼太のほうから話を持ちかけたのだという。

「協力する交換条件にはね、ぼく好みのいい人紹介してもらうってことで。ゲイの合コン主催しちゃうような先輩がいるんだから、そのつてをたどればわけないはずだし」

「でも、それだったら……仁科、なんでそのことを昨日言わなかったんだ」

仁科へ目をむけると、彼は苦々しげに眉を寄せた。

「約束はしましたけどね。具体的にどうするかなんて話は、まだ聞いてなかったです。春口とつきあっていることになっていただなんて、初耳です」

「ごめんねえ仁科くん。あとで言うつもりだったんだけど、まさかそんなに早く話が進むとは思ってなかったし、アレルギー起こしちゃったりしたもんだから、言い忘れてたよ」

涼太は恐ろしく軽い調子であははと笑った。

「とにかく話が進んだってことは、ぼくの芝居が効果的だったってことだよね。よかった」

たしかにその芝居のお陰で、自分の気持ちに気づけたわけだが……。

「ぼく、うそつくときって右耳いじる癖があるでしょ。一昨日はうっかりしてそれが出ちゃってたんだけど、兄ちゃん、気づかなかったね」

「あ……してた、か？」

右耳をさわるのは涼太がうそをつくときの癖で、とてもわかりやすい仕草なのに、あのときは気づかなかった。それほど動揺していたということなのだろう。

「……じゃあ、デートもうそだったのか」

「うん、仁科くんとじゃなくてね、一昨日は相手を紹介してもらったんだ」

にこにこと満足そうに話している弟の顔を、蓮は腑《ふ》に落ちない思いで眺めた。

「でも、おまえ……仁科のことが好きだったんだろう？」

「え？　うん。高校のとき、かっこいいなって思ってたよ？　久々に再会してもやっぱりかっこいいなって思ったけど？」

それがなに？　と言いたげに首をかしげる涼太。

「合コンでふられたって、泣いてたよな……？　また会いたい、とか言って……」

「そりゃ、告白して断られたら涙も出るよお。そういうときって、ちょっと自分に酔っちゃうんだよね。ほら、ぼくってかわいいから、ふられることって滅多にないからさ」

「…………」

「あは、やだなあ、兄ちゃん。深刻に考えてたの？」

「……りょう、た……？」

兄にうそをついた罪悪感など微塵も見当たらない笑顔である。恋のキューピッド役を果たしたという達成感があるせいかもしれないが——、なんだろう、この違和感。この軽さ。

自分の中にあった弟という聖域が、微妙に揺らいだ気がした。

「こいつ、あなたが思ってるよりも腹黒いし、男関係軽いやつですよ」

となりから仁科が口を挟んだ。

「二丁目じゃ、知らないやつはいないって噂らしいですし」

「ちょっと、変なこと吹き込まないでよ。いくらなんでもそんなに有名じゃないよ」

有名じゃなくても、それなりにあの界隈で遊んでいることは否定しないらしい。

それはひとまず置いておくとして、蓮は頭を整理した。

仁科と涼太はつきあっていなくて、涼太は仁科のことをさほど想っていないらしい。そしてどうやら仁科も蓮のことが好きだという。その話が本当ならば、自分も仁科のことを諦めなくていいということになるのだが……。

「本当なのか……？」

仁科へ問うと、やや不機嫌そうな顔で見返された。

「春口が二丁目で有名というのは、あくまでも噂ですから――」

「そ、それじゃなくて……その」

「なんですか。春口とつきあっていないという件については、事実ですね。春口が俺のことをかっこいいと思っているかどうかは、本当のことか確かめようがありません」

蓮が聞きたいことはわかっているはずなのに、仁科は言おうとしない。

「その……俺が好きって話も……？」

「俺はゲイじゃないんです。好きでもない男を抱いたりしません」

仁科はなぜか威張ったように言う。それを聞いた涼太が苦笑した。

「協力してあげてもいいよってぼくが言ったときね、このプライドの高い男が頭をさげて相談してきたんだよ。だから、信じていいんじゃない？」

「春口。よけいなことまで言わなくていい」

「よけいって、なにが？　ぼくに頭さげたってこと？　いいじゃない。それだけ兄ちゃんに惚《ほ》れたってことが伝わるでしょ」

にやにやと笑う涼太から仁科が目をはずす。

とそのとき、涼太の携帯のメール着信音が鳴った。

「三上《みかみ》さんからだ……わ、どうしよ。ちょっとごめんね」

メールを見た涼太が声を華やがせ、すばやく返信をする。ふたりを放置してメールに没頭しはじめてしまった。

仁科は自分を好きらしい。涼太とも関係ないという。

信じてしまっていいのだろうか……。

これからどうしようかと途方にくれていると、テーブルの下で、仁科の手がそっと伸びて、膝の上に乗せていた蓮の手を握り締めてきた。

にわかに心臓の鼓動が速まりだし、顔が熱くなった。どうしたらいいのかとますます困っていると、涼太が顔をあげ、明るい笑顔をむけてきた。

「いまね、仁科くんに紹介された人から連絡がきたんだけどね。入院してたって言ったら、お見舞いにきてくれるって言うんだ。看病してくれる人もいなくてひとりきりなんだって言っちゃったから、悪いけどふたりとも仁科くんちに移動してもらってもいいかなあ」

「はい？」

「そのほうがお互いのためによくない？」

「わかった」

と、即座に了承したのは仁科である。蓮の手を握ったまま立ちあがった。

「に、仁科」

「蓮さん、行きましょう。あなたの大事な弟の恋路を邪魔したくはないでしょう」

「そ、それはそうだけど……」

真顔で諭され、腕を引かれ、蓮も流されるように腰をあげた。涼太も立ちあがって蓮のスーツの上着を持ってきて、手際よく着せ掛ける。

「あ、待って。お泊まりセットも必要だよね」

「泊まり？」

「当然だよお、こんな時間だもん」

「で、でも仁科の都合もあるだろうし」

「俺は問題ないですし、そのつもりですけど」

「………」

普段はおっとりした弟が目を疑うような早業で蓮の着替えを鞄に詰め込んで、天使のような笑顔を浮かべて仁科に預けた。

「そうそう仁科くん。兄ちゃん、抱かれたあとに熱だしたんだよ。いったいどんな抱きかたしたのさ。傷つけてないか確認してあげてね」

涼太の頭の中では、蓮の熱の原因は仁科のせいということになっているようだ。

「男の身体は繊細なんだから。兄ちゃんがかわいくて暴走したくなるのはすごくよくわかるけど、くれぐれも無茶しないでよ」

「わかった」

頭が沸騰しそうなことを、天使よりもかわいい弟が捌《さば》けた口調で言っているのが信じられない。

清純な弟像が崩れ去ったダメージと予想外の展開に翻弄《ほんろう》され、気持ちの整理もままならないうちに話は終わり、仁科に手を引かれて自宅をあとにした。

八

仁科の家までの道のりは始終無言だった。

電車の中では繋がれた手はいったん離されたが、駅を出て路上に人けがなくなると、ふたたび握られた。

台風は朝のうちに通りすぎていて、夜空は雲ひとつなく、澄んだ秋の気配に満ちている。手を繋ぐふたりを見ているのは皓々《こうこう》と浮かぶ月だけだった。

街路樹が夜風に吹かれてさわさわと揺れる。

現実感がなくて、ふわふわと雲の上を歩いているような心地がして、手を離されたら空へ舞いあがってしまいそうだった。

やがて到着した仁科のマンションは繁華街からはずれた静かな住宅地にあった。

「どうぞ」

「お邪魔します……」

鍵を開けて玄関へ入る家主のあとに続いて中へ進み、居間へ通される。１ＬＤＫの室内はモノトーンの家具で統一されていて、よけいなものがなくすっきり片付いている。大きな革張りのソファとテーブルが中央にあり、壁際の棚にはオーディオ類が置かれている。目につくものといったらそれぐらいで、仁科らしい部屋だと思えた。

「上着、貸してください」

仁科がハンガーを片手にして、手を伸ばす。促されて上着を脱いで預けると、壁際に吊《つ》るしてくれた。続けて仁科も上着を脱ぐ。

「食事はしました？」

「ああ。おまえは？」

「済ませました。外で食べていたときに呼びだされたんです。なにか飲みますか——と、それより先にスーツ脱いで寛《くつろ》ぎたいですよね。先にシャワー使ってください」

「あ……ああ」

浴室に案内されて、蓮は遠慮しつつシャワーを使った。置いてあるシャンプーやボディーソープを使うと、仁科に包まれているような気分になる。さらに、浴室から出ると脱いだ衣服は回収されていて、タオルと持参した着替えが置かれており、その気遣いに照れ臭さを覚えた。

「お先」

Tシャツにスウェットのズボンを穿《は》いて居間へ戻ると、仁科が蓮のスーツのズボンを丁寧に吊るしているところだった。

「急に泊まるなんてことになって、その、悪かったな」

仁科はそれには答えず、ふっと色っぽい流し目をくれて浴室へむかった。

「適当にくつろいでいてください」

「……ああ」

蓮はどぎまぎする気持ちを落ち着けようと、深呼吸してソファに腰をおろした。

好きな男の住まいに初めて足を踏み入れたというだけでもどきどきするというのに、いきなりのお泊まり展開に気恥ずかしさが込みあげる。夢心地だったのが徐々に現実感を帯びはじめていて、別れ際の涼太と仁科の応酬が思いだされた。仁科があのように答えたということは、やはり今夜は抱きあうことになるのだろうかと妙な期待も膨らんでしまって落ち着かない。

いまごろ涼太のところには新しい彼氏とやらがきているのだろうか、などとも思い巡らせていると、蓮とおなじような格好をした仁科が浴室から出てきて、となりに腰をおろした。肩を抱き寄せられ、蓮は緊張に身を硬くした。

「あのさ……さっきの話だけど、涼太とはなんでもないんだよな」

「くどいですね」

「でも涼太のほうは本心なんだろうか。もしかして俺の気持ちに気づいて、身を引こうとしてあんなことを……」

涼太の気持ちを深読みしてそんなことを言ってみたら、仁科が露骨に嫌そうな顔をした。

「勘弁してください。身近すぎて見えていないようですが、あいつはそんな殊勝なやつじゃないですよ。それとも俺を受け入れたくないんですか」

「いや、そういうつもりじゃないけど」

仁科の静かな視線を感じ、密着している肩と腕を強く意識する。

この状況で、さっきの話はうそだったなんてことはないだろうと思うのだが、なんどでも確認したい気分だった。なにしろずっと信じてきた「仁科くんが好き」という弟の言葉が、さほど重みのないものだったと判明したばかりなのだ。人間不信とまではいかないが、なにを信じたらいいのかと、少々不安になっている。

「おまえさ……、俺を好きになったのって、いつから」

涼太の話によれば、すくなくとも三人で食事をしたときよりも前だったことになるが、その頃はまだけんか腰だったような気もする。いつから好意を寄せられていたのだろう。相手のほうは見れずに、照れながらちいさな声で尋ねてみたが、明確な返事は返ってこなかった。

「さて、いつでしたかね」

覚えてませんね、と仁科はとぼけ、それから首をかしげて蓮の顔を覗《のぞ》き込んできた。

「それよりも、身体はだいじょうぶですか。熱をだしたということですが」

肩を抱き寄せていた彼の手が腰のほうへおりてきて、蓮は顔を赤らめた。

「ああ、平気だ。熱は昨日の朝にはさがったし、もう問題ないから」

「うしろは？」

見つめてくる瞳が気遣わしげにすっと細まった。

「一昨日は気をつけたつもりでしたが、けがはしてませんか」

「だいじょうぶだ」

「本当に？」

「ああ。涼太はあんなこと言ってたけど、ほんとに、全然問題ない」

確認させろなんて言われたらどうしようとひそかに危惧《きぐ》しつつも、いたわられているのが嬉しくてはにかみながら首をふったら、仁科の真摯な表情が、晴れやかな微笑みに変化した。

「そうですか。では、心置きなくお仕置きできますね」

「――え？」

仁科のもう一方の腕が蓮の膝の裏に伸びてきて、驚くうちに身体を抱きあげられてしまった。

「ちょ……、お、お仕置き？」

「ええ。お仕置きです」

「なんでっ」

「だってそうでしょう。あれほどしっかり抱きあっておきながら、俺の気持ちを疑うとか、ありえません」

「そんな、なに言って……芝居打たれたんだからしかたないだろうっ」

騙《だま》されたのだから不可抗力だ。それなのに責められてお仕置きされるなんて理不尽すぎる。

「だとしても薄情ですよね。一昨日はホテルに俺を置き去りにするし。そして翌日にはもう会わないなんて、俺のことなんだと思ってるんです」

「う」

「もし俺が女だったら、あれってある意味、やり逃げですよね」

「や、やり……」

やり逃げと言われるとは思ってもみなかった。そんなつもりは毛頭なかったが、仁科の立場にしてみたら、そのように受けとれるのだろうか。

「おかしいとは思ったんですけど、恥ずかしがってるのかな、とか、ホテルでは俺も悠長なことを考えてしまいましたけど。ともかくひどい仕打ちですよね」

「……悪かった」

「悪いと思うなら、お仕置きされるのももっともだと、ご理解いただけましたね」

仁科がポーカーフェイスで歩きだす。

「や、それとこれとは。というか、だって、おまえは涼太とつきあってると思ってたんだし

「……」

「二股するような男と思ったわけですね。わかりました。基本のお仕置きにオプションをつけさせてもらいます」

オプションってなんだとか、つっこんでいる場合ではなさそうだ。具体的なことはわからないが、恐ろしいことを宣言されているのは察せられて、蓮は青ざめた。

「ま、ま、待て。反省してるから許せよ」

「許せませんね」

「悪かったよ。でも、しかたないじゃないか」

なにをされるのかという怯《おび》えから、らしくもなく泣きが入った。

「俺だって真剣だったんだぞ。あれから涼太に打ち明けようと悩んで、身を引こうと思って、辛かったのに……っ」

「そう、それもですよ。俺よりも春口をとったというのも許せませんね」

「な……、無茶言うなよっ」

仁科は蓮の文句など意にも介さず、蓮をお姫さま抱っこして居間の奥にある扉へむかう。

「ドア、開けてもらっていいですか。両手塞《ふさ》がってるんで」

「え、あ」

さりげない口調で頼まれて、蓮はうっかり手を伸ばしてドアノブをまわしてしまった。開いた扉のむこうは寝室で、ダブルサイズのベッドが鎮座していた。自ら進んで寝室の扉を開けるだなんて、まるでお仕置きを受け入れているようじゃないかと焦っているうちに連れ込まれ、部屋の照明もつけられてベッドの上におろされた。

仁科が上に跨《また》がって、蓮を見おろしながらちろりと唇を舐める。その仕草がどうにもいやらしくて、これから起きることを連想させる。

「なにをするつもりだ」

戦々恐々としながら尋ねると、仁科が意地悪そうに微笑んだ。

「ちゃんと、この身体にわからせてあげるんです」

「なにを」

「あなたはもう俺のものだってことをです」

見おろす瞳が鮮烈なほどに色っぽくきらめき、勝手なことを言われているというのに胸がときめく。

傲慢《ごうまん》な言葉も、この王子さまのような顔でさらりと言われると嫌味に聞こえなくて、そこが腹立たしい。ついでにときめいてしまっている自分も癪《しゃく》だ。

「俺は、おまえのものになった覚えは……、んっ……」

好きだとは自覚したが、所有物になった覚えはない。しかし反論はくちづけで封じられた。

それは、いままでかわしたどのくちづけよりも、優しく繊細なものだった。

弾力を楽しむように唇を押しあてられ、ふれるだけで離れていく。それを角度を変えながら二、三度くり返すと、今度はちゅっと音をたてついばむように唇を吸われ、やがて蓮が自然と唇を緩めたのを見計らって舌先が侵入してくる。優しく歯列をなぞられ、上顎をくすぐられ、心地よさに陶然とした。

こんなの、全然お仕置きじゃない。

苦しい思いを強いられるのかと思ったが、そうではなかった。甘く優しい愛撫に身体の緊張をほぐされて、気持ちよくされていく。

仁科の舌先にそそのかされて、自分からも舌を差しだすと、すぐさま絡んで口の中で深くまじわった。

「……っ、ん……」

仁科の身体から放たれる香りも心地よく鼻の奥を刺激する。自分もおなじ匂いをまとったはずなのに、仁科からは媚薬《びやく》のように甘い香りがするのはどうしてだろう。自分も相手を心地よくさせているといいと願いながら、夢中になった。

「んぅ……、っ、ふ……っ」

重なったくちびるのあいだから漏れるぴちゃりと湿った音が途切れることなく続き、息遣いに艶が帯びる。身体が熱くなって頭が朦朧《もうろう》としてきて、蓮は仁科の背に腕をまわした。すると骨が軋《きし》むほどぎゅっと抱きしめ返され、仁科の舌使いが激しくなった。

前回味わった快感が身体の奥から呼び覚まされ、欲望がせりあがってくる。強く舌を吸われると、それだけで下腹部に熱が集まり、達きたくなってきた。

疼《うず》く腰を相手に押しつけたくなるが、さすがに浅ましく思えて耐えていると、くちづけをかわしたまま、仁科の手がTシャツのすそをまくり、素肌の腹を撫でた。長い指が肌のきめを堪能《たんのう》するようにゆっくりと上へあがってきて、胸の突起にふれる。

「ん、っ……」

きゅっとつままれた刺激に身体を震わせると、仁科の唇が離れ、耳元へ移動した。

「ここ、気持ちいい？」

夢中だったのではっきりと覚えていないが、前回はそこをさわられなかったと思う。

「そんな、とこ……感じるわけ……、っ……」

つまんだ突起を引っぱられ、痛みに顔をしかめて否定したものの、痛みのあとに訪れた奇妙な感覚に息を飲んだ。

「うそ。感じてる」

爪の先でピンとはじかれて、疼くようなむずがゆい快感に、背を仰け反らしてしまった。

「あっ、ん」

「ほら。硬く勃《た》ってきましたよ」

突起を捏《こ》ねるように押しつぶされて、甘い声をあげてしまった。仁科のもう一方の手はふれるかふれないかというタッチでうなじから首筋をくすぐってきて、舌は反対側の首筋を舐める。ぞくぞくするような刺激に肌が粟立《あわだ》つのに、それが気持ちよくて身体の中で熱が渦巻いた。

「ふ……、あっ」

息をしているだけのつもりなのに、吐息が喘ぎ声のようになってしまう。羞恥心や些細《ささい》なプライドから、そんな声は聞かせたくないと思うのにとめられなかった。

「ねえ、蓮さん」

熱い舌が耳の奥をぬるりと舐めながらささやく。

「俺と、もう会わないと言いましたよね？」

「え……ぁ、んっ……」

「俺としたことを、後悔してるとも」

「だ……って、それは……、……ぁ……」

「二度とそんなことを言えないようにしてあげます。これからたっぷり、朝まで」

宣告はぞくりとするような響きをもって、蓮の鼓膜に刻みつけられる。

どんなことをされるのだろう。不安もあったが、同時に甘い期待も抱いてしまう。こんなふうに気持ちよくされるのならば、なにをされてもいいと思えた。

仁科にならば、どうされてもいい。

好きにしてくれていい。

たとえ嗜虐的なことをされても、この男の仕業ならば、きっと感じてしまう。

欲情して潤んだ瞳で見あげると、仁科がからかうように言う。

「すごく、してほしそうな顔をしてますよ。なにをされると想像してるんです？」

「……っ」

首まで朱に染めると、見おろす瞳がふっと笑う。

「想像したこと、言ってみてください」

「い、言うか、そんなこと……」

「へえ。言えないようないやらしい想像をしたんですか。それはぜひ聞かせてください」

「………」

「言わないなら、これ以上先に進みませんけど？　ここもほったらかしです」

早くも硬くなっている股間をさわられた。そんな状態になっていることは知られているだろうとわかっていたが、改めて示されると羞恥を覚える。それでも黙っていると、催促するように胸の突起を強くつねられ、蓮は渋々口を開いた。

「……このまえ、みたいなこと……」

「このまえみたいな、なに？」

しつこく尋ねてくる。サドめ、と内心罵《ののし》りながら睨むと、仁科は楽しそうに笑みを深くした。

「本当は、一昨日よりももっとすごいことを想像したんじゃないですか？」

たしかに、一昨日よりもすごいことをされるかもしれないと思った。だが男同士の経験に乏しいので、具体的に想像できない。

「まあ、答えてくれたから、先に進みましょうか。下、いじってあげますから、服を脱いでください」

仁科が身を起こし、腕を引いて蓮も起きあがらせた。それから仁科はベッドにすわって片膝を立て、そこに肘《ひじ》をついて頬杖をして蓮を眺める体勢をとった。

「おまえは、脱がないのか」

「あなたのあとで脱ぎます。先に、あなたの裸をじっくり見せてください」

「……悪趣味」

一昨日はお互い夢中だったが、今日の仁科は意地悪をしかける余裕があるらしい。恥ずかしがらせて喜んでいるのだ。

変態。スケベ。

心の中で思いつく限り罵りつつも、蓮は誘惑には打ち勝てず、気恥ずかしさを押し殺してTシャツを脱いだ。

仁科だって興味のない相手ならばこんな要求はしないだろうと理解している。求められていると知っているから、甘んじて従った。

自分で脱ぐほうが恥ずかしくないと一昨日は思ったが、自主的に脱ぐというのも、いかにも早くしたいと言っているようで、それはそれで恥ずかしいものだった。

視姦《しかん》するような仁科の視線が身体を熱くする。部屋の電気が煌々《こうこう》と明るくて、消したいような気もしたが、そんなふうに恥らうのも仁科にからかいの材料を与えそうで、消すことができなかった。

スウェットと下着も脱ぎ、全裸になる。ベッドの上に正座して俯くと、屹立《きつりつ》した自分の中心に目がいってしまい、これまた恥ずかしくて横をむいた。

「脱いだ、ぞ。もういいだろ……」

仁科がにじり寄ってくる。

「じゃあ、こちらにお尻をむけて四つん這《ば》いになってください」

「……なに、するんだ」

「下をいじってあげるだけです。先日みたく俺の顔にぶっかけたいんだったら、仰むけでいいですけど」

「ぶ……」

顔から火が出る思いで激しく首をふった。仁科の品のよい口で卑猥なことを言われると、ことさらいやらしく聞こえる。

「かけられてもいいですけど?」

「いい。そんな趣味ない。あれは……、悪かった」

恥ずかしい言葉に誘導されるように四つん這いになった。

「もっと、脚を開いて」

促されて、耳を赤くしながら膝を開く。蛍光灯の下にさらされた秘所に、痛いほど仁科の視線を感じる。期待が高まり、心臓が早鐘のように打ちだした。

仁科は着衣のままなのに自分だけが全裸というのにも奇妙な興奮を覚えて身体を火照らせていると、両方の尻のふくらみに、大きな手がふれてきた。肌ざわりを確かめるように撫でられたのち、揉《も》むように力を込められる。

両手の親指に、入り口を左右に広げるように引っぱられた、と思ったら、そこに生温かい感触を感じた。

「……なっ……」

肩越しにふり返ってみれば、仁科が入り口にくちづけていた。弾力があるのに硬い、ぬるりとしたものが身体の中に入ってくる。

「や……、そんなところ、舐め、……な……っ」

「また熱をださないようにしないと。一昨日より丁寧にといったら、これしか思いつかないですよ。今日は準備もないですし」

「下、いじって……、っ……くれるって……」

「いじってるでしょう」

「前、だと……っ」

前をさわられるのだと思っていたのに、いきなりうしろを濃厚に攻められて、動揺してしまう。

「っ、なこと、しなくて……ぁ、……いい……からっ」

ぬちぬちと卑猥な音をたてて舌がそこを出入りする。丹念に襞を舐められ、広げられて、恥ずかしいのに気持ちがよくて涙が出てきた。

「あ…、は……、っ……」

「……気持ちよさそうですね」

舌が抜かれると、今度は指を突き入れられた。

「……っ、く、ふ……」

深く埋め込まれ、先日感じたいいところを刺激されると甘い刺激が背筋を貫き、体勢を保っていられなくて上体を崩した。

「今日は、前はさわりません。あなたもいじっちゃだめですよ」

「な……んで」

「ここだけで達ってもらいます。ここで、俺をしっかり覚えるまで。できますよね」

くいっと内部を押され、快感が走る。

「ん、あっ……、無理……っ」

「無理じゃありません。なにしろあなたはキスだけでも達ける人なんですから」

「達ってな……」

「達ったでしょう。いいかげん恥ずかしがらずに認めたらどうです」

話しているあいだも指をゆっくりと抜き差しされる。

「ん……んっ……」

尻だけを高々と突きだした淫らがましい格好で指を受け入れ、快感に下肢を震わせる。

「柔らかくなってきましたね。ここ、ひくひくしてます」

「言うな……っ」

言われなくても、そこがいやらしくひくついているのは感じていた。埋め込まれた指を締めつけたり、飲み込もうと蠢《うごめ》いたり、身体が勝手に反応していて、とめたくてもどうしようもなかった。

「あなたの中、ぬるぬるなんですね」

指を増やされ、呟かれる。

「こんなに濡れてるならこのあいだもローションなんて必要なかったな」

いやらしい身体だと言われているような気がした。

ほかの男の身体がどうなのか仁科も知らないだろうから、ありのままの感想を言っているだけなのかもしれないが、猛烈な恥ずかしさに見舞われる。

実際、指が出入りするたびにそこからぐちゅぐちゅと濡れた音が溢れていた。

「……にし、な……」

指だけでは物足りなくなって、ねだるように名を呼ぶが、ほしいものはもらえない。

「まだきついですよ。もうすこし……」

「ん……、っ……」

まだだと言われたら耐えるしかなく、荒い息をついて快感をやり過ごした。

やがて長いことほぐされて準備を終えると、仁科が服を脱ぐ音が背後から届いた。尻を突きだした格好のまま、それを待つ時間がひどく長く感じる。ズボンを脱ぐ音がして、一昨夜目にした仁科の猛りの大きさを想像してしまい、奥がじんと痺れた。

「ゴムは使わなくていいですよね。あなたの中、すごく濡れてますから、そのまま挿れます」

腰をつかまれ、熱く硬いものが入り口にふれた。

「今日は中に、だしますよ」

先走りでぬるついた先端が、入り口に軽く圧をかける。しかしまだ入ってこない。

「蓮さん？　いいですよね？」

いちいち宣言するのも確認してくるのも、焦《じ》らし、恥ずかしがらせるためだろう。その目論見どおり、蓮は羞恥に赤くなり、同時に興奮した。

「……いいから……、早く……っ」

焦れて催促を口にすると、硬い猛りが押し入ってきた。

「う……ん……っ」

繋がる感触は、一昨日とはずいぶん異なっていた。酒が入っていないせいか、ゴムの隔たりがないせいか、それとも気持ちを確認しあったせいか。

神経が鋭敏になっていて、ひどく感じてしまった。

太い茎に張り巡らされた血管が怒張して浮きだし、そのごつごつした感触を柔軟な粘膜に生で感じて、身体がぞくぞくする。

長いものが奥まで収まると、仁科ははじめから全速力で律動を開始した。

「あ……っ、あ……っ、……っ」

強く突きあげられ、強烈な快感が身の奥から迸《ほとばし》る。

猛りのでこぼこが粘膜とこすれるたびに際限なく熱い快感を生み、それと同時に互いの体液を混ぜあわせて結合部から溢れさせる。

仁科を全身で感じて、どろどろに溶けあってしまうようだった。奥に打ちつけるような激しい抽挿に、蓮はシーツを涙で濡らして悦《よろこ》び、自らも腰をふって求めた。

身体の熱が滾り、すぐに頂上が見えた。

しかしそのまま登りつめようとしたところで、仁科がふいにタイミングをずらした。腰の抽挿が緩やかになる。

「あ……」

それからまた激しく突かれて大きな波が押し寄せ、今度こそ達くと思ったとたんに、またペースを乱される。

達きそうになると、阻まれる。それを数回くり返された。

「っ、ぁ……に……、しな……っ」

「なんです」

「あ、の……」

まだはじまったばかりだ。達かせて、と頼むのは憚《はばか》られて口ごもったものの、ゴールテープの直前で足どめを食らったランナーのように気が気ではない。

「もっとほしい？」

優しい声音で尋ねられて、恥じらいながらも頷いた。

すると仁科が覆いかぶさってきて、背中を密着させて耳元へささやいた。

「どうしましょうね。達くのは早いですよ。朝までするのにもう達ってたら、身体がもちませんから」

耳朶を食《は》まれてその刺激に腰がわななくも、決定的な刺激にはならず、潤んだ奥がせつなかった。

「朝までって、冗談だろ……」

「冗談じゃありません。お仕置きだと言ったでしょう」

ゆるやかに腰を揺すぶられ、胸にまわされた指に突起をいじられる。

「ん、……っ……ふ……」

身体は昂《たか》ぶったまま、しかしそれ以上昂ぶることもできず、ゴール直前の状態のままでいつまでも焦らされた。

仁科が収まっている奥が熱くてたまらず、じんじんする。甘い毒に侵されているようで、疼いて疼いてどうしようもなく、先走りに濡れる自分の中心を握ろうとしたら、その手を払われた。

「だめですよ」

「いじ、わる……っ」

「しかたのない人だな」

仁科の手が、蓮の根元をきつく握り締めた。そして激しい抜き差しを再開した。

「ん……っ、にし……っ、い、やだ……っ」

快感が身体の中で爆発的に増殖するのに、解放する手段を封じられて熱が渦を巻く。

「どうして。もっとほしいと言ったのはあなたでしょう。でもまだ達ってほしくないので、折衷案ですよ」

「あっ、ぁ……、おまえ、なんか……っ、……ぁ……、きらい、だっ」

仁科が一瞬動きをとめた。

「うそはいけませんよ」

直後にぐっと奥を突かれ、欲望を煮詰めるように中をかきまわされる。

「ん……あ、あ……っ」

「俺のこと、好きですよね」

唇をかみ締めていると、理性を突き崩すように、仁科の猛りが中のいいところを攻めてくる。

「ねえ、蓮さん。俺に、こういうことをされるのも、すごく好きですよね」

「……ん、く……っ……」

「素直に言ってくれたら、達かせてあげてもいいですよ」

大きく腰をまわされて、中が熱く蠢き、吸いつくように仁科を締めつける。しかしその行為は己の首を絞めるだけだった。ものすごく気持ちがいいのに達けない苦痛が増してきて涙が溢れる。

こんなふうに言わされるのは悔しいが、催促するように快感を送り込まれて達きたくてたまらなくなり、蓮は音をあげた。

「……っ、……好き……」

ちいさな声で伝えると、背中にくちづけがおりてきた。しかしいましめる手は離れず、深い抜き差しが続けられる。

「仁科……、言った、だろ……、っ、もう、頼むから……っ」

「好きなのは、どちらのことです？　俺のこと？　それとも、ここに挿れられること？」

「……両方、好き……っ、だから、も……、達かせて……っ！」

自棄になって息も絶え絶えにねだるが、まだ仁科は許してくれない。荒い息を吐きだしながら問いかけてくる。

「病院で、俺にもう会わないって言ったときのこと、覚えてますか？」

「ん……、ぁ……」

「あれは、どんな気持ちで言ったんです？」

「どんなって……、っ……、だから、辛かったって……っ、あ、う……」

ずぶずぶと、みっちりと嵌った肉棒がいやらしく注挿を続ける。

「もっと、教えて」

「や……、ぁ……」

なんども中を抉られながらうなじを舐められ、胸の突起をいじられ、際限のない深い快楽に飲み込まれる。

「ねえ蓮さん。俺のことが好きなら、本心を、聞かせて」

耳を嬲《なぶ》られながらささやかれ、わけがわからなくなってきた蓮はいくつもの涙をこぼし、唇を嚙み締めることもできず、促されるままに口を開いた。

「……好き、だ……ほんとに……」

すすり泣くようにしながら、かすれた声で呟く。

「……おまえのことが、……きで……っ。でも、諦めなきゃって……諦められる、わけない、のにっ……」

こんなセリフは普段の蓮ならば決して口にしないだろう。しかし快感が追い討ちをかけるように拍車をかけてきて、否応なく乱れさせられる。理性も自制心もすでに崩壊していて、縋るように必死に、男の腕に片手を伸ばした。

「ん……っ、も、泣きたかった……、……っ」

抜き差しがにわかにとまる。

「手玉にとったわけじゃなかった？」

「ちが……っ」

動いていなくとも、体内に埋まった仁科のそれは息を飲むほどの存在感を主張している。その熱と硬さを内側から感じて、蓮の中は勝手にひくついてしまう。

は、と息を吐きだして、言葉を重ねた。

「あ、……、あれ、言われたときは……悲しかったんだ、ぞ……っ」

口にしたらそのときのことを思いだしてしまい、頬がゆがんだ。

「ほんとに、好きになってたから……っ、今日も、おまえに会いたくて、しかたなくて……っ、ん……っ」

とまっていた腰の動きが気まぐれのように再開し、蓮は訴えながらちいさく喘いだ。

「仕事中に、俺のことを考えてたんですか？」

「そうだよ……、ずっと、おまえのことしか考えてなかった……、っ、仕事どころじゃなかった……っ」

背後で仁科がふっと微笑んだ気配がした。

「かわいいことを。それ、本当ですか？」

「……でなきゃ、男相手に、こんなこと……、……許すか……っ」

叫ぶように言った直後、中心を握っていた手が離された。

優しい声とは裏腹に、抜き差しが激しくなり目が眩《くら》む。

「違っていいですよ」

「あ、あぁ、んっ……アっ！」

焦らされたぶん、溜《た》まりに溜まった熱は尋常ではなく、頭からつま先まで快感が電流のように駆けめぐり、目の奥で火花が飛ぶような衝撃を覚えながら欲望を解放した。ほぼ同時に、身体の奥に仁科が熱を放ったのを感じた。

「……は……」

高みにのぼった身体が降りてきて、蓮は深く息を吐きだしながら脱力した。しかし仁科の猛りがうしろに繋がったままなので、獣の格好から横になることができない。

「仁科……、あっ！」

抜いて、と頼もうとしたとき、猛りがずるりと引きだされた。が、すべて抜けきることなく、再度奥を突きあげられた。

「や、……ぁ、……っ、なんで……っ」

仁科も達ったはずなのに、その猛りは硬さも勢いもまったく衰えておらず、たくましく注挿を続ける。仁科が放ったもののせいで、繋がった場所から響くいやらしい水音が盛大になり、出し入れするごとにそこから滴が溢れて蓮の太ももを濡らす。

「あ……っ、あ……っ、にし、な、ぁ……っ」

「このままもういちど、俺で達って」

達ったばかりの鋭敏な身体を揺すられて、気がおかしくなりそうなほどの快楽を注がれる。

蓮は泣きながら首を捻《ひね》って背後の男を見あげた。

「わ、かった……から、……キス、したい……キスで、達かせて……っ」

抱きあって、キスがしたい。そうねだると、繋がれたものが引き抜かれた。抜けていく感触に身体を震わせている間もなく、すぐさま仰むけにされ、脚を大きく開かされる。脚のあいだには膝立ちになった仁科が見おろしており、滾るようなまなざしをしていた。彼の猛りは依然として硬く天をむいていて、互いの体液でしとどに濡れている。その先端がふたたび入り口に押し当てられ、有無を言わさず挿れられた。

「あ、あ……っ、また、挿れちゃ……」

ぬるりっと比較的スムーズに入ってくる感覚に、わけもなくうろたえてしまう。

「嫌？」

「……っ、キス、したいって……」

「このまま、すればいいでしょう？」

奥へ進みながら、仁科が覆いかぶさってくる。中に入っているものの角度が次第に変わっていき、蓮は顎を引いて快感に耐えた。

「……っ」

「ほんとにあなたって人は」

抱き寄せられ、見あげれば、熱に満ちた仁科の瞳が甘く微笑んでいた。

「かわいすぎますよ……」

「ん……っ」

きつく抱きしめられ、唇を重ねられた。男の背に腕をまわし、激しい情交に甘いめまいを覚えながら、蓮は瞳を閉じた。

会社の窓から臨める桜の葉はほのかに赤く色づきはじめていた。例年は蓮のマンションの前の桜よりも紅葉が遅いはずなのだが、今年はおなじくらいに色づいている。夏の時期に雨が多かったお陰か、例年よりも色鮮やかで、秋が深まる頃にはよりいっそう目を楽しませてくれそうだった。

「お、春口くん」

「やあ……」

食堂から出たところで、やってきた藤谷に声をかけられ、あいさつを返したら驚かれた。

「うわ。どうしたの、その声」

「風邪を引いて。休んでたんだ」

「辛そうだな。具合はもういいのかい？」

「まあ」

藤谷のうしろには仁科がいて、黙って会話を聞いていた。藤谷がトレーをとりに離れると、おもむろに近づいてくる。

「身体の具合は、もういいんですか」

「……おまえに訊かれたくないな」

蓮はじろりと睨みあげた。

あれから二日後である。

あの夜、仁科は予告どおり、本当に朝まで蓮を抱き続けた。もちろん途中で休憩を挟んだりもしたのだが、遅刻ぎりぎりまで繋がっていて、なんど達かされたかも覚えていない。散々喘がされて声も嗄《か》れた。

気持ちよかったし、蓮も仁科を求める気持ちがあったことは否定しない。だが、ものには限度というものがあるだろう。足腰立たなくて、蓮は仕事を休んだ。夕方になってどうにか動けるようになったので自宅へ戻ったのだが、涼太にも呆れられてしまった。

ちなみに徹夜だったのは仁科もおなじはずなのに、この男は疲れもみせず、涼しげな顔をしてひとりで出社したのだった。

「誰のせいだと思ってるんだ、サド男め」

我を忘れて散々痴態をさらしてしまった恥ずかしさの反動で、ことさら不機嫌な態度をとってしまう。ぼそりと呟くと、仁科が片眉を引きあげて意外そうな顔をしてみせ、そっと腕を引き、物陰へ引っぱった。

「べつに俺も、意地悪をしたくてしてるわけじゃないんですよ」

誰も見ていないところで、髪を撫でられる。

「うそつけ」

「うそじゃありませんよ。あなたが悪いんです」

なぜ自分が、と見あげれば、仁科の瞳が踊るように瞬いた。

「あなたがそんな顔をするのがいけないんです」

どんな顔だ、と眉を寄せたら、すばやくひたいにくちづけされた。

「おまえ、こんなところで……っ」

「今日、仕事を終えたら待っていてくださいね。いや、先に帰っていてもらったほうがいいかな。伺います。今日はあなたの部屋でしましょう。春口にあなたのかわいい声を聞かせてやろうかな」

「や、やめてくれ。こなくていいっ」

「おや、俺の家のほうがいいですか。まあそうですよね。あいつに邪魔をされずにいっぱいしたいですよね」

「違う。どっちの家だろうとごめんだ」

ようやく歩けるようになったのに、冗談ではない。慄《おのの》いて首をすくめると、仁科はかろやかに笑った。

「素直じゃないですね」

「本心だ、ばか」

「俺に抱かれたいって顔に出てますけど？」

「おまえがすけべなこと考えてるから、そう見えるだけだろ」

「否定はしません」

予想外の肯定の言葉は、呆れるほどに堂々とした態度とともに返ってきて、蓮は言葉を失った。

「でもあなたも、俺に抱かれるのが好きなんですよね」

「おまえが言わせたんじゃないか」

「あなたは心にもないことは言わないでしょう」

仁科は自信たっぷりに言って、蓮の耳元に顔を近づける。

「今度は、春口よりも俺が好きだと言ってもらおうかな」

「それは、ない」

「言いますよ。絶対」

「ないって。おまえは涼太にはかなわない」

唇を突きだして横をむき、それからちょっとためらってから、ちいさな声でつけ加えた。

「とにかく、まあ……、くるなら……週末にしてくれ」

「それはつまり、心置きなく朝までかわいがってくれってことですね。了解しました。楽しみにしてます」

仁科が目元を甘く和ませた。もういちど髪にふれ、じゃあと言って食堂のほうへ踵を返す。

「……絶倫サドめ」

蓮は遠ざかっていく男の背中にむかって悪態をつくと、くちづけの感触が残るひたいにそっとふれて、顔を赤らめた。

あとがき

初めまして、こんにちは。松雪奈々です。

この度は「いけ好かない男」をお手にとっていただき、ありがとうございます。

ルチル文庫では初めてお仕事をさせていただきました。

某レーベルで発表している作品ほどシリアスすぎず、またべつのレーベルの作品ほど弾けすぎない、中間ぐらいのラブコメをめざしてみました。

ジャンルとしてはリーマンものということになるのでしょうか。研究所が舞台となりましたが、それらしい雰囲気はあまりだしすぎていないつもりです。軽いノリのラブコメですので、お気軽にさらりと読んでいただけると嬉しいです。


ところで作中に出てくるBTT社は架空の会社なのですが、いまだに所在地を決めかねていたりします。蓮のマンションも神田川沿いのどこかというアバウトぶり。普段、そのような設定は話を書きはじめる前に決めておくのですが、今回はどうしようかと悩んでいるうちに書き終えてしまいました。

荻窪の仁科と蓮が通勤しやすい場所といったら、どこがいいでしょうね。と言っても、もう書き終わっちゃいましたけど。

一冊の本が読者の皆様の手元へ届くまでに、実に多くの職種の方々が関わっていることを出版に関わるようになってから知りまして、その中の一員として働けることをしみじみありがたく思っております。この本の出版に携わって下さった皆様に厚く御礼申しあげます。

とりわけ担当編集様には感謝してもしきれません。このお話を世にだせたのは編集様のお陰です。未熟者で多大なご負担をおかけしたにもかかわらず、お優しいフォローの数々、ありがとうございました。

また、イラストを担当いただいた街子マドカ先生、ありがとうございます。蓮もちびっ子たちも興奮もののかわいさで、たまりません。本が仕上がってくるのがとっても楽しみです。

そして最後になりますが、読者の皆様、最後までおつきあいいただきありがとうございました。仁科も蓮も癖の強い男たちですが、かわいがっていただけたら幸いです。

二〇一一年十一月

松雪奈々

✦初出　いけ好かない男……………書き下ろし

松雪奈々先生、街子マドカ先生へのお便り、本作品に関するご意見、ご感想などは
〒151-0051 東京都渋谷区千駄ヶ谷4-9-7
幻冬舎コミックス　ルチル文庫「いけ好かない男」係まで。

幻冬舎ルチル文庫
いけ好かない男

2011年12月20日　第1刷発行

✦著者	松雪奈々　まつゆき なな
✦発行人	伊藤嘉彦
✦発行元	株式会社 幻冬舎コミックス 〒151-0051 東京都渋谷区千駄ヶ谷4-9-7 電話 03(5411)6432[編集]
✦発売元	株式会社 幻冬舎 〒151-0051 東京都渋谷区千駄ヶ谷4-9-7 電話 03(5411)6222[営業] 振替 00120-8-767643
✦印刷・製本所	中央精版印刷株式会社

✦検印廃止

ISBN978-4-344-82394-5　C0193　Printed in Japan

幻冬舎ルチル文庫

小説原稿募集

ルチル文庫ではオリジナル作品の原稿を随時募集しています。

募集作品

ルチル文庫の読者を対象にした商業誌未発表のオリジナル作品。

※商業誌未発表のオリジナル作品であれば同人誌・サイト発表作も受付可です。

募集要項

応募資格

年齢、性別、プロ・アマ問いません

原稿枚数

400字詰め原稿用紙換算
100枚～400枚

応募上の注意

✦原稿は全て縦書き。手書きは不可です。感熱紙はご遠慮下さい。

✦原稿の1枚目には作品のタイトル・ペンネーム、住所・氏名・年齢・電話番号・投稿（掲載）歴を添付して下さい。

✦2枚目には作品のあらすじ（400字程度）を添付して下さい。

✦小説原稿にはノンブル（通し番号）を入れ、右端をとめて下さい。

✦規定外のページ数、未完の作品（シリーズものなど）、他誌との二重投稿作品は受付不可です。

✦原稿は返却致しませんので、必要な方はコピー等の控えを取ってからお送り下さい。

応募方法

1作品につきひとつの封筒でご応募下さい。応募する封筒の表側には、あてさきのほかに**「ルチル文庫 小説原稿募集」係**とはっきり書いて下さい。また封筒の裏側には、あなたの住所・氏名を明記して下さい。応募の受け付けは郵送のみになります。持ち込みはご遠慮下さい。

締め切り

締め切りは特にありません。
随時受け付けております。

採用のお知らせ

採用の場合のみ、原稿到着後3ヶ月以内に編集部よりご連絡いたします。選考についての電話でのお問い合わせはご遠慮下さい。なお、原稿の返却は致しません。

✦あてさき

〒151-0051
東京都渋谷区千駄ヶ谷 4-9-7
株式会社 幻冬舎コミックス
「ルチル文庫 小説原稿募集」係